CRISTIANE PEIXOTO

FEITO BORBOLETAS

Copyright© 2021 by Literare Books International.
Todos os direitos desta edição são reservados à Literare Books International.

Presidente:
Mauricio Sita

Vice-presidente:
Alessandra Ksenhuck

Diretora executiva:
Julyana Rosa

Diretora de projetos:
Gleide Santos

Relacionamento com o cliente:
Claudia Pires

Capa, projeto gráfico e diagramação:
Gabriel Uchima

Revisão:
Rodrigo Rainho

Impressão:
Gráfica Paym

Dados Internacionais de Catalogação na Publicação (CIP)
(eDOC BRASIL, Belo Horizonte/MG)

P379f Peixoto, Cristiane.
      Feito borboletas / Cristiane Peixoto. – São Paulo, SP: Literare Books International, 2021.
      16 x 23 cm

      ISBN 978-65-5922-139-4

      1. Ficção brasileira. 2. Literatura brasileira – Romance. I. Título.
                                            CDD B869.3

Elaborado por Maurício Amormino Júnior – CRB6/2422

Literare Books International Ltda.
Rua Antônio Augusto Covello, 472 – Vila Mariana – São Paulo, SP.
CEP 01550-060
Fone: (0**11) 2659-0968
site: www.literarebooks.com.br
e-mail: contato@literarebooks.com.br

CRISTIANE PEIXOTO

FEITO BORBOLETAS

*Em honra e memória de todas
as borboletas deste mundo, seja qual
for a fase em que se encontrem.*

Introdução a um prefácio

Via de regra, o prefácio de uma obra literária é elaborado pelo próprio autor, visando sua autoapresentação, bem como da obra que está sendo entregue aos seus leitores. Já em se tratando de um novo autor, debutando na seara da literatura, ingressando no mundo maravilhoso dos livros, é comum este solicitar que um escritor renomado prefacie sua obra.

Como não estamos enquadrados em nenhum dos casos citados, pois CRISTIANE PEIXOTO, autora desta obra, não está iniciando na carreira literária, tampouco prefacia a própria obra, muito menos este, a quem coube a honra de escrever estas mal traçadas linhas, sequer é um escritor, distante, de ser, por consequência natural, renomado, digamos que sou apenas um amigo que faz esta singela apresentação e, por esse motivo, o título deste:

Como se fosse um prefácio

Eu conheci CRISTIANE PEIXOTO de uma forma muito simples. Jacinta, minha esposa, frequentava um grupo composto de pessoas com mais de sessenta anos que desenvolvia algumas atividades, entre elas práticas de atividades físicas... E eis que um dia surge CRISTIANE PEIXOTO, professora de educação física formada pela USP, com pós-graduação em Ginástica Especial Corretiva, mestre em Educação Física no Envelhecimento pela USP, doutoranda pelo Departamento de Neurologia da Faculdade de Medicina da USP, criadora e professora do MÉTODO ÁGUIA – Desenvolvendo Idosos Saudáveis, etc., etc., etc... parafraseando o personagem interpretado por Yul Brynner, no filme *The King and I*.

CRISTIANE PEIXOTO

CRISTIANE apresentou-se ao referido grupo informando que, doravante, ela e suas professoras auxiliares seriam as responsáveis pelas suas atividades de Educação Física, dando início imediato às práticas.

Nesse dia, minha esposa chegou em casa muito entusiasmada, contando as novidades ocorridas no grupo, e falou sobre o método utilizado pelas novas professoras, voltado para idosos e, de certa forma, me intimou a também participar das atividades físicas, argumentando que, depois de quarenta anos de trabalho, eu estava em casa, definitivamente aposentado, e precisava me movimentar. Fui à reunião seguinte, gostei muito e me integrei ao grupo, continuando com a prática de atividades físicas até o momento.

As aulas não eram ministradas diretamente pela CRISTIANE, a quem cabia a coordenação dos grupos. Mas os professores certificados Águia, que secundavam a coordenadora, também eram de um profissionalismo, capacitação técnica e simpatia ímpares, somando-se a tudo isso o amor, a dedicação e o prazer que a equipe emprestava à realização das atividades.

Além da coordenação dos grupos, a CRISTIANE ainda participava ativamente de programas de televisão, algumas vezes acompanhada de alunos do Projeto Águia, outras vezes sozinha; realizava as festas de formatura dos grupos, com caravanas memoráveis e passeios de integração; lançou o álbum "*Águia no Lar*", com uma coletânea de DVDs; escreveu outros dois livros; e atualmente trabalha, em equipe, na Liga da Longevidade... Ufa!!! Não sei de onde ela retira tanta energia, que, aliás, é contagiante, isso sem deixar de mencionar que a nossa autora é filha, esposa, mãe, professora, escritora etc.

Ao realizar a leitura desta obra, confesso que em determinados momentos viajei no tempo, a um passado não muito distante, recordando passagens da minha vida. Entre elas, me ocorre a lembrança do momento em que minha genitora, viúva de longa data, já não podendo permanecer sozinha na casa em que morou por décadas, precisou ser hospedada em uma Casa de Repouso para Idosos. Essa hospedagem foi decorrente da nossa estrutura familiar pequena, que nos impossibilitava de lhe prestar a assistência adequada em tempo integral, como era necessário. A instituição escolhida contava com uma estrutura e equipe acima da média, dentre as que fomos conhecer, mas de forma alguma se comparava à excelência descrita na "NAVE".

FEITO BORBOLETAS

Finalizei o parágrafo anterior com a palavra "NAVE" e com essa deixa me permito, a partir de agora, falar um pouco sobre FEITO BORBOLETAS.

A "NAVE", local idealizado pela autora e cenário onde se desenvolverá grande parte desta narrativa, é uma casa futurista para idosos e crianças, uma construção singular com o que há de melhor em termos de infraestrutura e equipamentos, ressaltando-se de uma forma inequívoca as equipes multidisciplinares para a realização plena dos objetivos colimados pela instituição.

"NAVI – Núcleo de Acolhimento à Velhice e à Infância"

Nessa "Casa de Repouso", vamos encontrar um dos personagens centrais da trama, seu Luigi, um idoso de origem italiana cujo maior sonho é ter as passagens mais importantes da sua vida relatadas num livro, para que não se percam quando ele – como irá ocorrer com qualquer um de nós – chegue ao encerramento do seu ciclo vital.

Seu Luigi tem outro desejo bastante incomum, que tenha fim o calvário de pilhérias a que é submetido constantemente, porque seu time do coração nunca conquistou o título de Campeão Mundial Interclube de Futebol.

A jornalista PAULA é outra personagem ímpar na trama de FEITO BORBOLETAS. Ela vai até a "NAVE" com o objetivo, claramente jornalístico, de investigar uma denúncia sobre a instituição e acaba por se tornar uma das personagens exponenciais do livro, pela sua identificação com a entidade e, principalmente, com seu Luigi e demais moradores e funcionários da instituição.

DANIEL, um premiado jornalista cuja existência marcou a vida de PAULA anos atrás e que, de certa forma, ainda continua sendo uma presença marcante nos dias atuais da nossa jornalista.

MARIA é uma personagem enigmática, também muito importante na trama, que deixará o leitor muito curioso.

Outros personagens secundários, mas não menos importantes, surgirão ao longo de FEITO BORBOLETAS, enriquecendo a obra.

Voltando agora para a realidade de hoje, na qual estamos vivenciando o caos, em cujo epicentro está a Covid-19, com o distanciamento social e as nossas rotinas totalmente alteradas, fazendo com que nós, meros mortais, busquemos socorro no trecho de uma música, "parem o mundo que eu quero descer".

CRISTIANE PEIXOTO

Para minha satisfação pessoal, tive a quarentena "quebrada" pelo privilégio de, em pleno curso da pandemia, trocar *e-mails*, mensagens de WHATSAPP e conversas telefônicas com a querida CRISTIANE PEIXOTO, e conforme FEITO BORBOLETAS ia ganhando os seus contornos, eu me debruçava sobre cada capítulo em uma leitura inédita daquelas páginas há pouco digitadas pela autora, realizando uma tarefa de avaliação preliminar da nascente obra literária.

Espero que todos os leitores de FEITO BORBOLETAS encontrem o prazer e o deleite iguais, ou superiores, aos que vivenciei com a leitura desta obra.

Finalizando, expresso o desejo de que a "NAVE" se torne uma realidade e, embora não a tenha conhecido de fato, tenho conhecimento de uma entidade, já existente atualmente, em uma cidade da Serra Gaúcha, onde pessoas idosas, em pleno gozo de suas faculdades físicas e mentais, lá se hospedam por sua livre e espontânea vontade, tendo a liberdade de ir e vir quando desejam. Essas pessoas continuam independentes e ativas graças ao trabalho desenvolvido por profissionais do gabarito de CRISTIANE PEIXOTO, juntamente com outros tantos profissionais das mais diversificadas áreas que, no conjunto final, realizam um trabalho de valor inestimável para esse público na área da atividade física voltada, de maneira enfática, para o envelhecimento saudável. Afinal de contas, o Brasil não é mais aquele país jovem de décadas atrás. Os brasileiros estão envelhecendo e merecem, dentro dessa longevidade, que ora já é uma realidade, desfrutar uma condição de vida melhor, quer seja no seio de suas respectivas famílias, quer acolhidos em ambientes próprios, tratados sempre com a dignidade e o respeito que merecem.

Ulderico Perlamagna Filho

Sumário

1. Caos 15

2. Jornalismo 19

3. Daniel 23

4. Navi 31

5. Octógono 41

6. Luigi 53

7. Entrevista 59

8. Maria 63

9. Quebra-cabeça 67

10. Subsolo 71

11. Storytelling 77

12. Primeira edição 83

13. Feito de aço 87

14. Bem-me-quer, malmequer 95

15. Pôr do sol 101

16. Crepúsculo 103

17. Vinte anos antes 107

18. Deletado 113

19. Cortina de fumaça 117

20. Borboletas 125

21. Observador 129

22. Lugar secreto 135

23. Casulo..................................141

24. Vilarejo devastado................147

25. Playmobil quebrado 153

26. Fotografia..............................161

27. Brilho eterno.......................169

28. Sobrepostas 177

29. Pegadas...............................181

30. Borboletas e bolhas de sabão....187

Gratidão.................................... 197

1. Caos

Não sei como ela consegue.

Se existe uma frase que eu já ouvi na boca de todos, seria essa. Ainda assim, parece que ninguém leva a resposta para casa. Não dá para entender, mesmo! Eu gosto de tentar explicar com aquela história do sapo no experimento de ciências, no qual você descobre que, se jogar um sapo em uma panela de água fervendo, ele pula imediatamente para fora com o impacto do calor; mas se colocá-lo na água fria e for esquentando, esquentando... ele acaba morrendo cozido, pois vai se acostumando com o calor até que não tenha mais forças para pular fora. Triste fim do sapo. Nem sei se alguém fez mesmo esse experimento, e se fizeram, espero que não tenha sido em uma aula de ciências! Argh!

Às vezes penso nisso, se Maria pudesse ter tido uma visão de futuro, talvez tivesse fugido do altar. Agora ela está cozida, feliz ou não, quem sabe... mas com certeza, cozida.

O fato é que, com sapo cozido por alunos ou não, admiro a força dessa mulher. Gostaria que alguém pudesse testemunhar um dia inteiro ao lado dela. Não apenas nos finais de semana, quando podia contar com ajuda, mas no dia a dia mesmo, quando lidava com dezenas de situações ao mesmo tempo. Quando tinha que chegar em casa carregando aquele monte de malas, bolsas e dois bebês num equipamento assassino de colunas, batizado "bebê conforto". Hahaha... conforto para os filhos, desconforto para os pais! E, afinal, para que alguém precisa carregar tanta tralha?! Nunca entendi isso!

CRISTIANE PEIXOTO

Maria sabia usar, como ninguém que eu tenha conhecido, os dois braços, as duas pernas, a extensão de cada ombro. Dirigia, colocava uma música de ninar, segurava a mamadeira na boca, ora de Lívia, ora de Alex, sentados de costas para ela no tal "bebê conforto", no banco traseiro do carro, tudo ao mesmo tempo, e nunca arranhou a lataria, por sinal.

Claro, as portas do carro foram arranhadas, amassadas e tal, mas por causa da fase "segura eles!", que veio algum tempo depois. Maria era deixada para trás com toda a parafernália, enquanto os pestinhas saíam desembestados pela calçada e abriam a porta do carro, batendo-a no poste. Não me pergunte por que ela destravava as portas ainda a uns metros do carro, não saberia responder. Também não me pergunte por que ela sempre estacionava ao lado de um poste ou de uma árvore.

O carro era, a propósito, um dos grandes problemas do casamento de Maria. Primeiro, por causa das perguntas que nunca tinham respostas, como estas, por exemplo. Segundo, porque Valter sempre foi apaixonado por carro. O carro dela era um horror! No porta-malas, poderia se encontrar de tudo, acho que carro de mãe deve ser tudo igual. Como o corpo da mulher que estoca gordura para ter mais reserva de energia e suprir o feto durante um período de escassez na gestação, o carro de mãe precisa suprir qualquer eventualidade. Chuva, frio, calor, fome, sede, choro, raiva, trânsito, materiais de escola, lancheiras, jogos, o brinquedinho favorito, tudo vezes dois. Tudo isso somado ao fato de que o trabalho dela exigia um monte de artefatos, diferentes roupas e um estoque de lanchinhos para serem devorados nos trajetos. Aff...

Incrivelmente, Maria nunca tinha tempo de lavar o carro! Não me pergunte o porquê. E era até necessário, fora a poeira toda da cidade, ela nunca conseguia impedir as crianças de comer dentro do carro. Migalhas... incrível como elas voam! Apesar de ela bater os tapetes e os bancos, às vezes se via tendo de limpar o courinho do câmbio, o porta-trecos, o painel... Mas ela sempre achava que Valter exagerava nas broncas. "Maria isso, Maria aquilo...", "Você deveria dirigir um Fusca!", era a favorita dele. "Está repreendido em nome de Jesus!", era o que ela respondia. Embora não fosse religiosa, Maria aprendera, com a mamãe, a dizer isso para anular o efeito de frases não auspiciosas contra sua vida e seu futuro.

Além do mais, ela odiava Fusca! Aquele cheiro do Fusca é algo que só existe dentro de um Fusca! E o barulho do motor do Fusca é um pesadelo!

FEITO BORBOLETAS

Parece que vai cair no chão assim que engatar a primeira! Sem falar no jeito que as pessoas ficam dentro de um Fusca, parecendo que não têm pescoço... É um carro que achata qualquer um! Isso resume tudo: todo mundo fica redondo e achatado dentro de um Fusca, com cheiro de Fusca e com o motor prestes a despencar.

Valter achava tudo isso um absurdo. Maria achava um absurdo ser criticada e condenada a vodus que envolviam Fuscas e tudo mais, só por umas migalhinhas no carro, que no mínimo vieram para salvá-la de alguma emergência, em vez de ser elogiada por suas constantes e brilhantes peripécias em cada um dos milhares de papéis que desempenhava, como ninguém. E ainda conseguia ser magra.

O que o povo não sabia era o quanto ela corria! Provas de 5 km, 10 km... tudo atrás dos umbiguinhos gêmeos ladeira abaixo. Chegou a comprar uma espécie de coleirinha de pelúcia, que mais parecia uma mochila, mas que tinha um objetivo claro: prender os danadinhos nas mãos da mãe. No início, parecia uma ótima ideia, mas logo os pequenos proclamadores de sua própria independência perceberam o intuito subentendido nas estratégias ilustrativas de Maria, e se rebelaram. Sentavam-se no chão, recusavam-se a andar, empacavam onde quer que estivessem. A gota d'água veio quando eles giraram sem parar em torno dela, prendendo-a nas fitas das coleiras, transformando-a em um tipo extinto de vítima de sacrifícios humanos. Nesse momento, ela caiu. Foi difícil se desvencilhar das cordas, foi um vexame que ocorreu, para seu pior pesadelo, na saída de seu ambiente de trabalho. Jesus...

Caos, do latim, "*chaos*". Sinônimo de desordem, desorganização... na verdade, muito mais do que isso. Em consonância com o chamado "efeito borboleta", a teoria do caos diz que uma mínima mudança "nas condições iniciais" em uma sequência de eventos produz mudanças drásticas e imprevisíveis no futuro. Resumindo, tudo é determinado e aleatório, ao mesmo tempo. Tudo é determinado para acontecer aleatoriamente, de forma determinada. Entendeu? A lei é a desordem, e a desordem é a lei.

Você não conhece o efeito borboleta, nem a teoria do caos que fundamenta o poder catastrófico do bater de suas asas? Deveria conhecer Maria. A mulher que descobriu a ordem de todas as coisas em meio ao verdadeiro "caos" das migalhas espalhadas no carro, das roupas sujas de chocolate e melecas diversas, do chegar em casa parecendo estar vindo de um acampamento, do sermão diário (e insuportável) do marido sobre detalhes irrelevantes envolvendo lava-rápidos que nunca abriam na hora que ela precisava.

    O caos a acompanhava e a livrou da ilusão de ser a certinha, a perfeitinha, a boa moça, boa aluna, boa em tudo... e isso a tornou, incrivelmente, mais perfeita do que nunca. Amo Maria! Você também vai amá-la em poucas páginas, acredite. E, a propósito, cuidado! Ela é o tipo de mulher capaz de mudar a sua ordem, transformar suas referências, fazer você questionar um monte de coisas, e até pode provocar um tornado, só por ter batido suas "asinhas" perto de você. E se você for do sexo masculino, já aviso: ela é bem-casada! Embora deseje matar o marido, vez ou outra, como toda esposa.

    Chega de devaneios. *Foco, Paula!*

    Sem dúvida, esses assuntos me tiram do foco. Poderia passar horas pensando nisso, mas agora preciso trabalhar.

2. Jornalismo

— Boa tarde, Paula! Graças a Deus que chegou! O seu Luigi está alvoroçado hoje! Disse que só almoçaria quando você chegasse!

— Boa tarde, Creusa! Vamos com calma, hein! Hoje meu dia está virado do avesso! – respondi, já me dirigindo ao meu lugar favorito.

Quem diria que, um dia, acabaria trabalhando como voluntária em um lugar como este. Quando escolhi cursar jornalismo, tinha um desejo enorme de fazer a diferença no mundo. Nasci um ano antes de estourar a ditadura militar, e minha infância foi marcada por reportagens épicas, músicas imortais e muita opressão.

Sentia uma atração especial pelos artistas, pelos compositores, os cantores. Tinha um desejo ardente de conversar com eles, principalmente os que foram presos, perseguidos, torturados, exilados... queria perguntar coisas que nunca foram reveladas, e tentar me colocar em seus sapatos para compreender como, apesar do medo e das constantes ameaças, não conseguiam reprimir seus impulsos. De onde vinha aquela coragem? Transformavam todo aquele horror em poesia, em melodia, em algo imortal. As músicas eram ainda mais imortais que as próprias lembranças, que ficaram, por vezes, confusas em suas mentes, como pude constatar em algumas oportunidades.

Meu "personagem" favorito era Geraldo Vandré. Digo "personagem" porque acredito que é no que os famosos se transformam. Outrem, refletido apenas em parte por quem são, verdadeiramente. O "eu" que ninguém conhece fica soterrado pelo "ele" que todos esperamos que seja. É o preço da fama. É o caos.

Esse cara foi brilhante. O pouco que o público pôde conhecer revela o suficiente da profundidade de um ser que só tinha a dizer a quem estivesse disposto a despertar.

Até hoje me lembro do som daquelas vaias. Foi a primeira vez que vi um prêmio, mais do que isso, um reconhecimento devido ser tirado das mãos de seu vencedor. *Pra não dizer que não falei das flores* é uma obra de arte. Todo mundo sabe disso, o povo desejava esse final, a canção sendo premiada no maior evento cultural que a música brasileira já teve, o Festival Internacional da Canção, da TV Globo, em 1968. A vencedora foi *Sabiá*, de Tom Jobim e Chico Buarque. Geraldo perdeu, mas o público não aceitou a decisão dos juízes e vaiou, incansavelmente. A coisa mais linda que ainda ouço, hoje em dia, em uma *playlist* no meu *iPod*, é sua voz amplificada pelo microfone, pedindo ao público que se acalmasse, tentando abafar a voz de quem não tinha voz... inclusive, deixe-me ouvir de novo.

Eis o que ele disse:

"Olha... sabe o que eu acho... eu acho uma coisa só mais: Antônio Carlos Jobim e Chico Buarque de Holanda merecem o nosso respeito (vaias). *A nossa função é fazer canções, a função de julgar, neste instante, é do júri que ali está (vaias). Um momento... (vaias). Por favor, por favor... (vaias). Tem mais uma coisa só, pra vocês... pra vocês que continuam pensando que me apoiam vaiando... (vaias). Gente... gente... por favor! (Vaias). Olha, tem uma coisa só... a vida não se resume em festivais*".

Em seguida, ouve-se o som do violão e a introdução inconfundível: *Laiá laiá laiá laiá...* a canção cantada em coro.

Desde menina, coloco-me naquela situação. Perseguido, injustiçado, tinha acabado de sofrer uma derrota armada, e foi capaz de reconhecer seus adversários, valorizá-los, respeitá-los. Sabe que eles não tiveram culpa. Então, emendou em sua célebre frase "a vida não se resume em festivais". Festivais não resumem a vida, mas a frase resumiu tudo: o homem, a obra, a visão, a missão, o propósito, o sonho, o legado. Essas coisas nunca estiveram ao alcance do poderio militar, dos jurados, sequer, do povo. Isso era dele, que era soberano nos desejos mais profundos da alma, soberano em sua voz censurada, porém imortal.

Boatos surgiram de que houve "pressão militar", persuadindo o resultado. Bom, eu sou jornalista. Sabia disso na época, tenho certeza disso hoje.

FEITO BORBOLETAS

Tudo acontecia de acordo com os interesses do *"rei boiadeiro, que quisesse ou que pudesse ir mais longe"*, como também diziam Vandré e Théo de Barros.

A canção foi especialmente perseguida pela sua alusão às forças armadas, aos soldados "amados ou não", perdidos, *"sem qualquer coisa de seu"*, que morrem pela pátria e vivem sem razão.

A única flor que vence o canhão é a que exprime a dor de quem perde um soldado do tipo amado. *"Pra não dizer que não falei das flores"* que vão ser colocadas sobre os corpos, nos caixões, que vão compor coroas de lamúrias, que vão ser deixadas sobre as lápides. *Pra não dizer que não* avisei que o caminho, no qual estamos *"caminhando e cantando"*, desavisados, leva-nos diretamente ao berço do sofrimento. A flor é um símbolo de morte e de dor, mais forte que o canhão. O canhão dispara e cessa. A flor representa uma ausência que chega para durar, tirando a razão de viver de quem perdeu alguém que morreu pela pátria. Os amores ficam na mente, as flores, sobre as sepulturas. A música é um convite, uma súplica: ACORDE, BOIADA! O boiadeiro já foi boi, um dia o boi vai se montar, *"somos todos iguais, braços dados ou não. Esperar não é saber, quem sabe faz a hora, não espera acontecer"*. A história está na mão.

Apesar disso, tudo rodava em torno das *"patas do cavalo"*, que levaram Geraldo *"pra lá"*. A verdade é que, em tudo, *"a gente vai contra a corrente até não poder resistir, e eis que chega a roda-viva e carrega o destino pra lá"*, como disse Chico Buarque, em um grande momento de lucidez.

Somos gente como gado, *"que se tange, ferra, engorda e mata"*, sem diferença. Não vejo que as ditaduras tenham tido um fim, apenas se multiplicaram. Somos reféns das ditaduras do consumo, da beleza, das indústrias. Temos o direito de sermos manipulados a escolher dentre as opções que escolheram para nós. Nossa ciência detém a informação que enche o *"vaqueiro"* de *"vil metal"*. Nossas doenças são interessantes para a indústria dos remédios. Nosso "gado" está globalmente obeso. Doenças configuram um quadro de controle populacional, tal qual predadores necessários ao equilíbrio do ecossistema.

Apenas, para nossa tristeza, Belchior estava certo: *"Depois deles, não apareceu mais ninguém"*. Meus *"ídolos ainda são os mesmos"*, e eu continuo *"contra a corrente (até não poder resistir)"*, acreditando que pelos meus ideais *'é que se fez o meu braço, o meu lábio e a minha voz'*. Eu quero *"ter voz ativa, e no meu destino mandar"*. Quero usar *"as coisas que aprendi nos discos"* para buscar meus sonhos, pois *"viver é melhor que sonhar"*.

Apesar de ter a certeza de que *"somos os mesmos e vivemos como nossos pais"*, acredito no poder da paixão, daquilo que se faz com a alma, em viver e morrer por aquilo que acreditamos. Quis ser jornalista para dar vazão à minha voz. No entanto, *"na parede da memória, o quadro que dói mais"* é pintado com as cores da injustiça, do poder e do ego. É a arte que desperta o pior sentimento: a ira, a inconformidade. Ainda assim, desde cedo me recusei a deixar morrer meu coração, minha fé. Caso isso acontecesse, não seria diferente dessa gente. Sei que posso fazer a diferença, e usei cada momento de revolta para alimentar minha obsessão por um mundo melhor.

"E nos sonhos que fui sonhando, as visões se clareando, até que um dia acordei! Laço firme, braço forte, um dia me montei". Quando você acorda, não é mais você quem persegue seu propósito. É o propósito que se apodera de você, passa ser seu vaqueiro. Nada pode impedir a força de quem está empoderado por um propósito. Hoje entendo o que é que temos de "saber" para fazer a hora, para não esperar acontecer. Temos de conhecer nosso propósito. Aconteceu comigo há dois anos, quando estava fazendo a cobertura de uma denúncia de maus-tratos a idosos numa casa de repouso, para a revista na qual trabalho.

Foi nesse lugar que conheci seu Luigi, uma ligação forte e imediata! Mas esta história pode esperar, seu Luigi também. Agora, você já conhece muitos aspectos sobre mim. Mas, acredite, pode me olhar de vários ângulos e ainda não saber quem sou.

Por ora, quero apenas contar para você uma história, um segredo. Começou com um simples e usual deslizar de dedos pela tela do celular, naquela porcaria de Facebook.

3. Daniel

Você vira uma página e, com a mesma facilidade, eu volto no tempo. Um simples gesto da sua parte, outro, tão simples quanto, da minha. Peço licença aos deuses do intangível para voltar alguns meses e, num estalar de dedos, lá estaremos, você e eu – invasores viajantes do futuro, de volta ao passado, observando uma história que se desenhou, sob a maldição (ou, quem sabe, a bênção) de não poder mudá-la.

Era mais um dia corrido no departamento editorial da Revista Vida Sênior, quarta-feira, faltando apenas dois dias para o *deadline* semanal da equipe de redação. Todo mundo precisa de doses extras de café, nesses dias da semana. Em minha rotina apertada, era o melhor momento para checar os aplicativos furtivos das redes sociais, a pausa para o café e a atualização de informações publicadas por colegas e periódicos concorrentes.

O dedo indicador subiu mais um pouquinho, lá estava ela! Uma foto, uma manchete (ah... porcaria de vocabulário jurássico que denuncia minha idade...), um *post* que dizia assim: *blá blá blá blá Daniel Valentini blá blá blá blá...*

Daniel Valentini. Nossa, o tempo fez bem a ele! Não mudou nada, desde a última vez que o vi. Não que eu tivesse procurado, pelo contrário. Na verdade, sua existência me foi lembrada por aquela singela postagem em um perfil novo, que havia sido compartilhado por um amigo em comum. Depois de ter deixado o café esfriar confabulando sobre a possibilidade de que Daniel tivesse se submetido à criogenia, resolvi ler o texto.

"*Jornalista brasileiro, Daniel Valentini, 40 anos, vence a 93ª edição do Prêmio Pulitzer, na categoria Fotografia. Após dez anos na equipe de reportagem do The*

CRISTIANE PEIXOTO

New York Times, na cidade de Nova Iorque, volta ao Brasil para compor a equipe do jornal O Globo."

Uau. Por sorte, o café frio não foi derramado na minha blusa branca. Adivinha qual foi o sentimento instantâneo, o primeiro, o que vem antes do tempo de o cérebro processar informações tão complexas, colocadas lado a lado, como se fossem apenas preposições ou adjuntos, separadas com pontuação insuficiente para permitir mais uma puxada de ar?

Errou! Pensei nisso, também. Deveria ter sentido um pingo de inveja, ainda que a ideia de cultivar tal sentimento me pareça inadmissível, talvez eu prefira dizer que deveria ter sentido uma certa incredulidade. Eu deveria mesmo ter sentido raiva (graças a certos detalhes que agora não encontro espaço para dizer), mas eu senti alegria. Queria sair correndo, abandonando o café frio, o iminente *deadline* da matéria, o cenho franzido acompanhado de bochechas roxas do Norberto, meu editor-chefe, para alcançar Daniel e lhe dar um abraço de felicitações! Que conquista! O sonho de todo profissional da nossa área, um reconhecimento internacional, depois de dez anos trabalhando em um dos mais conhecidos jornais do planeta, voltando para casa com um emprego dos sonhos! Ele não deve estar se cabendo de felicidade!

Começo a vasculhar as notícias na *internet*, nos portais de jornalismo, *breaking news* em todo lugar! Não demorou nada para os colegas começarem a comentar na redação. Eles, sim, com aquela ponta de... "incredulidade". O primeiro brasileiro a vencer um prêmio internacional de jornalismo.

Não consegui produzir nesse dia, pensando naquilo, feliz por aquilo. Preciso vê-lo, para lhe dar os parabéns! Ele conquistou uma coisa incrível, eu nem sabia por onde andava, o que fazia, no que teria se especializado. Uau.

Queria saber como tudo aconteceu antes, durante e depois do prêmio, como era seu trabalho, como foi a história da foto premiada, queria que contasse a história para além das declarações enxugadas em entrevistas superficiais e sensacionalistas. Um *feature*, como dizemos no jornalismo, um relato aprofundado para além do fato. Meu Deus, eu estava querendo entrevistar Daniel Valentini, e derrubar a reportagem. Guardá-la, com exclusividade, como uma matéria de gaveta pessoal, para nunca ser publicada. Queria entrevistar não a celebridade, mas o homem, o "eu" por trás do "ele" com quem todo mundo queria conversar.

FEITO BORBOLETAS

Mas qual seria meu gancho? Qual seria o pretexto para procurá-lo, além do óbvio propósito de todos os outros jornalistas? Como fazê-lo me receber, especialmente, quando deve estar sem tempo para receber alguém?

Semanas se passaram, levando consigo o calor das primeiras entrevistas, reportagens, postagens, vídeos, matérias superficiais, como sempre. Não entendo o jornalismo informativo que não informa o coração de coisa nenhuma. Nada que importa pode ser lido nas frias e éticas linhas da nossa mídia "sem censura", censurada pelo "*modus operandi*" da vã comunicação. São fatos e personagens, maquiados, mascarados, manipulados.

Quem estabeleceu a ordem universal de que os repórteres devem ter aquela cara padrão de museu de cera? Quem instituiu o sorriso-pó-de-arroz das apresentadoras de telejornal? Se a notícia é triste, devem apertar a boca ao final da fala. Se é feliz, mostrar levemente os dentes clareados. Então, vem a pior parte... a seleção da "*playlist*" de notícias. O que vai ao ar, o que vai ser publicado, quando, com que tom, que parte da verdade, qual é a ordem do rei boiadeiro. Sempre penso nisso. Não sei como sobrevivo a esse meio.

No caso do Daniel, aquela foto é sensacional! Claro, mereceu um Pulitzer. Mas será que ninguém quis saber sobre o cara que teve tamanha sensibilidade? Será que essa genuína característica sobreviveria a todo *glamour* e especulações a respeito da casca de um personagem?

Com tanta informação ao redor, foi fácil deixar quatro meses desaparecerem desde que seu nome deixara para sempre o anonimato, sem contato algum com ele. O pessoal da redação quis fazer uma cobertura, mas o editor-chefe tinha seus próprios interesses, e não desejava dar-lhe ainda mais visibilidade, como se isso fosse lhe fazer alguma diferença. O jeito era seguir com o plano A: um contato puramente pessoal (apesar da foto), despido da desculpa de fazer uma matéria.

Seguro o celular, com sobrancelhas unidas (candidatas ao primeiro procedimento de Botox) em um ar de decisão. Abro o *Messenger*. Digito seu nome.

Mas tem aquele certo detalhe...

Fecho o ícone, mais uma vez.

Com exceção da Cléo, uma velha amiga com quem não converso há anos, só tem uma pessoa no mundo que pode me ajudar agora: Maria.

— Maria, Maria... – recomeço minhas lamúrias, com a total noção de quanto posso estar sendo inconveniente, infantil e azucrinante. Não me conformo ter de recorrer a uma pessoa tão cheia de problemas reais, com questões que são incoerentes com uma profissional com meu *background*.

    Enquanto eu esperava que a resposta se formasse entre uma colherada de almoço na boca de Alex e outra na boca de Lívia, observava consciente o absurdo da situação... Maria não tinha tempo para nada! Ainda mais tendo que se dividir em mil pedaços para dar conta do trabalho, da casa, do marido e daquelas boquinhas que se abriam alternadamente, disputando a mesma colher que nunca conseguia pousar no mesmo prato de comida.

    E ali estava eu, egoísta, à espreita de migalhas de sua atenção, que às vezes escapavam tal qual os grãos de arroz e feijão que caíam no chão, propositadamente sem tapete.

    — O que você tem a perder? – disse, por fim, Maria. – Não acredito que ainda não entrou em contato com ele! Um simples contato, Paula! Você faz dezenas de contatos todos os dias, com muita gente, por que esse, especificamente, deveria importar tanto? Não faz sentido, entende? – repetia Maria, cada vez menos paciente. – E você viu bem aquela foto? Você não acha que tem razões mais do que óbvias para lhe pedir uma entrevista, ainda que não seja para uma matéria oficial? – continuou. Sorte que Alex e Lívia contribuíram muito com o grau de tolerância de Maria ao caos, do contrário, acho que ela já teria me batido.

    Ela estava certa, como de costume. Como se não bastasse meu constrangimento, assim que concluiu seu elementar pensamento, enfiando mais uma colherada na boca de Lívia, Alex moveu seu bracinho como se quisesse arrancar a colher da mãe e acertou o fundo do prato, que voou da mão de Maria, estatelando-se no chão em mil pedacinhos, com mil grãos de comida espalhados por toda a sala. Com certeza, alguns até encontraram um caminho para ficarem para sempre em segurança atrás de algum móvel.

    — Sinto muito, Maria... vamos limpar!

    — Deixe isso para lá, agora não será possível! Não posso me dar o luxo de uma faxina de última hora. Preciso levá-los à casa da mamãe, mas antes disso, quer saber... – e virou-se para pegar meu celular de cima da mesa, sacudindo alguns grãos de arroz.

    O caos. Maria tinha adquirido essa mania de não deixar que nada a parasse, fosse o que fosse que estivesse fazendo. Em lugar de dedicar-se à faxina que, certamente, pouparia mais um terrível mal-entendido com Valter, entrou no *Messenger* e digitou:

"*Olá, Daniel! Tudo bem? Gostaria de agendar uma hora contigo no seu escritório. Quando será possível?*"

Simples e objetiva. Senti aquele aperto no estômago que me lembrou, com desdém, dos espinhos da adolescência.

— Maria, poxa! Uma mensagem tão fria e direta, depois de tanto tempo? Eu pensei em perguntar como estavam as coisas, dizer que estava feliz com tudo o que tem acontecido, que entendia que ele poderia estar com a agenda apertada, que não tinha pressa... – resmunguei.

— PAULA, você está sendo profissional! Não há motivos para encher o cara de conteúdo vão, quando ele tem tantas coisas com as quais se preocupar. Se ele não puder receber você, vai ser tão direto quanto a mensagem que enviei – disse uma mulher com "tantas coisas com as quais se preocupar".

O barulho inconfundível do *Messenger* aberto na mensagem começou a pipocar pontinhos de expectativa na resposta sendo digitada. Que interessante esse mecanismo! Pela primeira vez, eu me questionei do porquê de alguém decidir que seria uma boa ideia sinalizar por imagem e som quando uma mensagem está sendo digitada pelo interlocutor. Poderia, simplesmente, surgir a mensagem na tela no momento que tivesse sido enviada. Teria me poupado este parágrafo e essa agonia.

"*Oi, Paula! Tudo ótimo, e com você? Como está sua agenda? Pode ser nesta quinta-feira às 15 horas?*"

Maria não disfarçou seu contentamento em poder dizer: "Está vendo! Eu tinha razão!". Deve ser uma mutação genética que acontece quando uma mulher se torna mãe, parece que todas – sem exceção – precisam dizer isso, o máximo que puderem!

— Eu não disse! Eu não disse! - repetia a mensagem que, em sua percepção, não era "conteúdo vão".

Aliviada pela prontidão em dar a resposta, pela gentileza da preocupação em perguntar sobre minha humilde agenda (atarefada ao extremo, mas humilde em comparação com a dele), e pelo fato de que quinta-feira era um dia perfeito, respondi:

"*Perfeito, quinta-feira às 15 horas está ótimo. Até lá!*"

"*Ótimo.*"

CRISTIANE PEIXOTO

A curta resposta selou o agendamento de uma entrevista que mais significava um turbilhão de coisas estranhas, talvez até demais para tentar explicar. Lembro-me da minha primeira entrevista como profissional formada, das horas prévias de trabalho que garantiram a sensação de segurança no *script* a ser seguido, das intermináveis leituras sobre o dossiê da "fonte", do desfecho brilhante. Agora, tudo parecia novo e ameaçador!

Havia três dias para a data marcada, tempo insuficiente para uma boa cobertura, sem dúvida. Sobra pouco tempo para trabalhar no *script*, apesar do "dossiê" estar praticamente pronto, um tanto desatualizado, confesso, mas em bom estado de conservação nos "disquetes" que ainda rodam em meu antigo PC, os arquivos registrados nos arcabouços da memória.

Meus devaneios cessaram ao despertar da hipnose pela trombada das bolsas de Lívia e Alex no batente da porta, escancarada para permitir a passagem de bagagens e uma cambada de gente para o *hall* social do apartamento. É impressionante como crianças se multiplicam como juros compostos, uma mais uma resultam em mais de duas. Duas crianças entrando em um *hall* social são como trabalhadores entrando às 18 horas na estação mais populosa do Metrô.

Ao dar espaço para a porta se fechar, voltei meus olhos para aquela sujeira caótica de comida e restos mortais do que fora um prato, no chão da sala de jantar. Meu Deus, o próximo a colocar os olhos nisso será Valter. Quanto egoísmo meu, Maria está terrivelmente encrencada!

Minha hora de almoço desapareceu sem deixar vestígios de que qualquer alimento tivesse aterrissado nas paredes do estômago, ainda contraído por terríveis ataques ao meu celular. Embora o desfecho tenha sido positivo, uma tarefa parecia ter sido – finalmente – ticada em minha agenda interminável.

A semana começa cheia aqui na revista. Pensando bem, a semana é uma avalanche que começa engolindo tudo o que vê pela frente e nunca termina, e em algum ponto ela se torna algo parecido com o símbolo do infinito, você não consegue mais descobrir onde começou ou quando terminará. Sem dúvida, o tempo é algo relativo aqui.

Segunda-feira é dia de reunião de pauta, logo no primeiro horário. A ideia de *brainstorm* mais se parece uma leve garoa comparada ao dilúvio do Antigo Testamento que acontece aqui. Não que seja uma enchente de ideias brilhantes, mas após o segundo bule de café, o desespero revela exatamente os colegas que deveriam ter descansado menos no fim de semana e pesquisado mais.

Alguns jornalistas precisam entregar seus cadernos até terça-feira à noite ao diretor de redação, após ter passado por revisão, para que uma equipe complexa possa se dividir em mil pedaços para montar o espelho da revista. Na realidade, são vários espelhos, para permitir que outros anúncios tomem espaço à medida que a equipe de publicidade avança com suas metas arrojadas, além dos furos que podem fazer a diferença na concorrência cruel dos jornais que publicam as notícias diariamente, e ainda conseguem preparar pautas especiais para os fins de semana.

Meu caderno precisa ficar pronto até quinta-feira ao meio-dia. Posso dizer que uma certa facilidade para escrever e os frequentes *insights* de pautas contribuem para manter minha cabeça em posição privilegiada na fila da guilhotina que chamamos de *deadline*.

Até quarta-feira, consigo colher o material necessário, na quinta-feira entrego a matéria à redação para a revisão final, a inserção no espelho da revista. Na sexta-feira, finalizamos todos os cadernos para encaminhar a revista à impressão, para ser entregue no sábado antes do galo cantar. Por isso, sexta-feira é o dia mais alucinante de todos, se isso é possível. Loucura no nível de sanatório. Temos até inveja das pessoas que associam sexta-feira a lazer, descanso e *happy hour*.

Aos fins de semana usamos nossa "folga" para ler e acompanhar notícias que serão temas e ideias para a reunião de pauta da próxima segunda-feira cheia. Ninguém tem muito tempo por aqui, conceitos como "jornada de trabalho", "folga", "férias" e "tempo livre" são relativizados por uma irrefutável realidade: a cada semana, produzimos um novo filho. Coisas que você nem tem ideia ao se deparar com uma banca de jornal repleta de fileiras e fileiras de poluição visual editada com as almas de centenas de trabalhadores insanos.

Por isso, quinta-feira à tarde é uma janela para me dedicar a uma causa pessoal e profissional, meu segredo para ser uma boa pauteira, uma verdadeira fonte inesgotável de ideias. Após o almoço, às quintas-feiras, vou à Nave (explico já) para desenvolver um trabalho voluntário e encontrar seu Luigi. Exceto nessa próxima quinta-feira. Vou precisar me ausentar para entrevistar Daniel Valentini. Um compromisso que vai deixar seu Luigi e amigos da Nave aos murmúrios e, por causa dos contratempos ocorridos ao agendá-lo, um Valter (que vai chegar do trabalho com fome, e o único jantar que vai encontrar estará espatifado no chão) muitíssimo bravo.

4. Navi

"Siga em frente por novecentos e trinta metros... saia à direita e volte mais seis meses... Você chegou ao seu destino!"

O aplicativo de geolocalização me levou com rapidez ao local indicado. Espero que você também tenha seguido direitinho as coordenadas, voltamos seis meses no tempo.

Estou aqui para cobrir o furo que talvez seja o que todos estavam esperando na redação. Finalmente, temos uma fonte que aceitou, de primeira, receber-me em suas dependências, em face de uma denúncia.

— Bom dia, sou Paula, jornalista da Revista Vida Sênior. Tenho uma entrevista com a dona Lídia Parotti. – apresentei-me ao segurança da portaria.

— Pois não, senhora. Pode estacionar o veículo em uma das vagas à sua direita. A senhora será anunciada no saguão da recepção.

Uau. Que lugar! Minha imaginação passou longe, dessa vez. Estacionei o carro em uma das vagas enviesadas para visitantes, cheguei a um *deck* de madeira com acessibilidade para cadeirantes, e na outra ponta, uma bela jardinagem fazia cerco para a placa de vidro com todas as bordas recortadas que refletiam um neon azul, onde se lia NAVI. Quando portas automáticas se abriram, deparei-me com um balcão que perfumava o ambiente com o cheiro inconfundível de madeira. Uma moça muito simpática veio ao meu encontro, saindo de trás do balcão.

— Seja bem-vinda, dona Paula. – a moça me estendeu a mão, sorridente. – Se quiser usar o *toilette* ou servir-se de água, café, chocolate... – apontou um aparador de madeira com um recipiente de cristal contendo água aromatizada, uma máquina de café expresso e uma *bonbonnière* com trufas de chocolate. – Já anunciei à dona Lídia que a senhora está aqui.

Enquanto ela continuava sorrindo plantada diante de mim, percebi que eu não tinha dado a ela nenhuma resposta, e meu queixo continuava expondo a língua e alguns dentes inferiores. Por um segundo, talvez três, eu me esquecera completamente de onde estava, e o que estaria fazendo ali. Senti-me chegando ao Paraíso, a um hotel seis estrelas ou às portas do Céu, sendo recepcionada por um anjo. Mas não, a realidade era que estava em um lar de velhinhos, para verificar uma denúncia de maus-tratos.

Engoli um pouco da saliva que se acumulou durante meu transe, e respondi:

— Não, obrigada! Vou aguardá-la, então.

— Pois não, senhora. Fique à vontade. – dizendo isso, retirou-se para detrás do balcão.

Dentro do tempo que teria sido suficiente para que eu fosse ao banheiro e tomasse uma xícara de café, dona Lídia surgiu de uma rampa que saía na direção do balcão.

— Bom dia, Paula! Seja bem-vinda! – cumprimentou-me com um beijo no rosto, passando a mão por trás do meu ombro. – Foi fácil chegar?

— Ah, sim! Obrigada! Hoje em dia com esses aplicativos, não tem erro!

A mulher era quase tão surpreendente quanto aquela recepção toda, aquele lugar. Uma senhora idosa, elegante, um rosto lindo, loira de cabelos de boneca, olhos verdes, vivos, brilhantes, contornados por longos cílios, que não podiam fazer moldura melhor para a doçura do olhar terno. Tinha uma pele que colocava em dúvida sua idade, o sorriso aberto e fácil, e uma postura de impressionar. Ignorando o impacto que sua figura me causou, continuei...

— Nossa, permita-me dizer, estou impressionada com essa estrutura, essa hospitalidade!

— Fico feliz! Nosso desejo é que as pessoas possam sentir que aqui dentro temos um mundo melhor do que o lá de fora. Sabe como é, todos temos preconceitos do que seja uma casa como esta. É o último lugar no qual a maioria das pessoas gostaria de terminar seus dias. Ninguém merece isso. Não é esse nosso propósito. Se fosse para ser assim, os colaboradores aqui presentes não conseguiriam permanecer neste trabalho.

FEITO BORBOLETAS

Enquanto ela discorria, conduzia-me pelo amplo corredor, dividido ao meio com sinalização de sentido, como em uma ciclofaixa, com barras de segurança em ambos os lados e um piso especial colorido, perfeitamente plano. A construção era toda sextavada, em três pisos, um térreo e dois mezaninos. Do corredor, era possível ter uma visão ampla do todo, grande parte feita de vidro e madeira, e um telhado em forma de cúpula com estruturas metálicas e forro, que terminava no meio com um vidro octogonal que proporcionava luz o dia todo na parte central, até o térreo. Parecia a cápsula de um foguete.

— Nossa estrutura foi projetada, em cada detalhe, para atender às diferentes necessidades de crianças e idosos. Como você consegue observar daqui, a Nave foi projetada sob a forma octogonal, que se divide em duas alas principais: nesta metade temos os idosos, na outra metade, as crianças.

— Nave, com "e", nave espacial?

— É um apelido carinhoso que usamos aqui. Estamos sempre de passagem, querida. Você não vê? Chamar a casa assim ajuda a nos lembrar disso.

Caminhávamos, lentamente, percorrendo um corredor circular com uma parede de vidro forrada por um jardim vertical, o piso ainda continha aquela ciclofaixa colorida e barras de segurança dos dois lados. O outro lado tinha portas automáticas de vidro, que encaixavam a barra de segurança por dentro da parede quando se abriam. Ela colocou o dedo em um sensor e a primeira porta se abriu.

— A ala dos idosos é dividida em quatro partes. Na ala número um, temos os idosos com mais necessidades. São portadores de diversos tipos de demências e disfunções cognitivas, além de desordens psiquiátricas mais avançadas. A estrutura permite a permanência de cuidadores e profissionais que se alternam em multitarefas – medicina, fisioterapia, terapia ocupacional, exercícios específicos e outras dinâmicas.

Caminhando comigo pelo corredor interno e perpendicular ao que estávamos, cheio de portas de correr fechadas de ambos os lados, ela abriu uma delas apertando um botão azul. O barulho invadiu o corredor como água que rapidamente enche o espaço vazio ao romper a barreira que a represava, transformando o pacífico corredor em um hospício insuportável. Era um homem produzindo um som repetitivo e muito alto, *"lá-lá-lá-lá-lá.... não querooooooooo"!* Repetia sem parar, gritava, me fez recuar.

— Entre, querida, não se preocupe. – Lídia abriu espaço para que eu entrasse, e apertando outro botão pela parede interna, a porta se fechou.

Pensei que a reverberação do som fosse me enlouquecer, mas ao fechar a porta, tudo ficou mais... controlado. Ela percebeu minha expressão estarrecida, em parte pelo súbito alívio auditivo, em parte pela decoração interna, pela disposição de objetos hospitalares disfarçados sob forma de arte.

— Estamos em um dormitório tipo V-I. Este é Eduardo! – aproximou-se do idoso magro, sentado em uma poltrona de couro azul-turquesa. – Oi, Eduardo! Como vai?

Ele parou de produzir barulho ao fitar seu olhar, sorriu.

— Bem. Obrigado. – respondeu-lhe.

— Esta é uma visita. Paula é jornalista, veio nos conhecer. – Lídia passou o braço pelos meus ombros, indicando que eu me aproximasse.

— Olá, seu Eduardo! Muito prazer. Gostei muito do quarto do senhor! – disse, por fim, sem jeito.

— Eu também gosto. Você deveria ficar um pouco mais! Eles vão me trazer pão de queijo!

Ao dizer isso, o olhar mudou, vagou pelo chão, franziu o cenho e recomeçou a "lalação"...

— Ele tem doença de Alzheimer. Estágio avançado. São poucos momentos de interação, depois ele se desconecta.

— Muito prazer, sou Juliana, fisioterapeuta. Seja bem-vinda!

A moça que estava trabalhando com ele interrompeu seu atendimento para permitir nossa intrusão, e se adiantou nas apresentações enquanto Lídia parecia degustar minha expressão mais evasiva.

— Obrigada! – voltei meu olhar à Lídia. – Explique-me... como? O quê... quem...?

Lídia riu. Provavelmente da minha incapacidade de formular qualquer pergunta. Logo uma jornalista! Lembrei-me da lista de anotações em minha bolsa, questionamentos recomendados pelo meu editor-chefe com base nos dados informados. Se eu pensasse em tais perguntas, tudo pareceria ainda mais inexplicável.

O quarto era um retângulo perfeito, sua parede do fundo era de vidro, permitia a luz do dia e uma visão enviesada do jardim externo que parecia ser contornado por um estreito e tortuoso lago de carpas que continuava até perder-se de vista, com uma pequena ponte de madeira que parecia começar da parede. A decoração continha mobília azul-turquesa, em madeira e vidro. A cama hospitalar não tinha grades, mas saias de acrílico. Acima da cabeceira da cama havia um quadro de aço inoxidável com *design* que lembrava o conjunto de vários símbolos do infinito juntos e dispostos em direções diferentes.

Ao mesmo tempo, tudo parecia inusitado e familiar, completo e limpo, o caos da perfeição.

— É simples, querida... – continuou Lídia, após cessar sua risada, em resposta ao que poderia tê-la causado. – Todos os quartos neste setor têm tratamento acústico. Isso é fundamental para a saúde emocional dos idosos e dos profissionais que trabalham com eles. Ninguém pode evitar esse barulho. Não adotamos drogas apenas com o intuito de sedá-los para "suportá-los", como teríamos de fazer se não houvesse essa simples solução. Aqui, apenas a medicação essencial à vida e ao bem-estar do idoso é administrada. Essa peça que você viu na cabeceira da cama se abre e fica posicionada como um móbile. Ela permite que polias sejam enganchadas nessas elipses, em posições e alturas diferentes para permitir diversos braços de alavanca.

Lídia continuou...

— Nessas polias, conectamos cabos de aço para tracionar os idosos com o menor esforço para quem os mobiliza, e com maior conforto para eles. Ninguém merece se sentir um peso, um fardo. Ninguém merece perceber o esforço sobre-humano de alguém que machuca seu corpo no intuito de compensar a inutilidade do seu. Essas saias de acrílico são acionadas pelos cuidadores no momento de descanso. Elas sobem e oferecem proteção, mas ainda permitem a visão do quarto, do jardim. — Já se deitou entre grades, querida? Já se sentiu em uma jaula durante seu próprio descanso?

Eu acompanhava seu discurso, estranhando a corrente de reações que estavam se desenrolando em mim. Pensamentos, sentimentos... quem estava gerando quem? Quem vinha primeiro? Quem poderia ser redirecionado, para impedir meu iminente vexame? Ela continuou:

— Essa parede de vidro se eleva como um portão automático. Permite a passagem de ar, de sol, de aromas... Pela ponte, podemos transportar o idoso até o jardim, e até os ambientes externos. Por aqui também removemos as pessoas em caso de emergência.

— Mas... eles nem têm consciência! – disse-lhe, já me arrependendo do comentário.

— É sua consciência que diz isso a você, querida? Acredita que a consciência de uma pessoa está num órgão tomado de proteína tóxica? – seu olhar era cortante. — Nós fazemos o melhor pelas pessoas de forma incondicional. Há muitas condições dessas portas para fora. Condições trouxeram você aqui. Condições perpassam sua mente em busca de sentido. Condições mudam, o tempo todo. A verdade permanece. Com licença, Ju. Obrigada, querida!

A porta de saída se abriu, obedecendo ao toque do botão. Estávamos novamente no corredor, caminhando para a porta central, de vidro, ao final dele. Mesmo com a porta fechada, avistava-se o jardim, com o contorno do lago das carpas e outra ponte, mais larga que a anterior. Ao abrir a porta, encontramos uma ampla varanda retangular. Havia cerca de dez idosos sentados em suas cadeiras de rodas, alguns ao sol, outros à sombra. Alguns produzindo sons, outros adormecidos.

Profissionais de diferentes especialidades realizavam seus atendimentos ali, como músicos de uma orquestra que só podia ser completa com o som produzido pela especificidade de cada instrumento. Muitos outros Eduardos tagarelando ou em silêncio, irritados ou apáticos, sorridentes ou adormecidos. Todos juntos. Todos como um.

As pessoas fizeram festa ao ver Lídia.

— Mais uma visita, dona Lídia? – anunciou um rapaz que atendia uma idosa cega, de boca aberta.

— Graças a Deus! – respondeu-lhe.

— Bom dia! – eu disse, apenas, ao que todos responderam com educação.

— Este é nosso terraço. Também é possível fechá-lo, como nos quartos. Aqueles que estão bem-humorados para interação social são atendidos aqui. Sempre preferimos que venham pela manhã, o cheiro do orvalho é inebriante logo cedo. Ainda dá para sentir, se prestar atenção. Além disso, é o melhor horário para o banho de sol. Aqui ninguém é esquecido no sol, e o sol não se esquece de ninguém. Este ambiente é poderoso! Vamos, querida! Temos outros setores para conhecer.

Entrando novamente no corredor em direção à saída, a porta do quarto do seu Eduardo se abriu novamente, desta vez, sem barulhos enlouquecedores invadindo meus tímpanos. Juliana apressou-se em nos falar.

FEITO BORBOLETAS

— Paula, se não se importa, o Eduardo deseja vê-la! – convidou-me em expectativa.

Curiosa, apenas entrei no dormitório novamente.

— Oi, seu Eduardo!

— O pão de queijo! – estendeu-me a mão trêmula com um pão de queijo quentinho e perfumado, sobre um guardanapo macio.

— Ele não quis comer todos para guardar um para a "moça bonita". Olha que isso é um milagre! Ele sempre devora todos os que servimos! – explicou Juliana, a fisioterapeuta que estava acompanhando sua refeição.

— Obrigada, seu Eduardo. Muito obrigada! – peguei o pão de queijo. A próxima coisa que ele fez me tirou o chão! Foi a gota d'água. Olhou-me diretamente nos olhos, suavizou a expressão...

— Eu que agradeço... – fez uma pausa, franziu o cenho, continuou – e peço desculpas.

— O senhor não tem nada para se desculpar! – disse como um reflexo.

— Obrigado! – sorriu e sumiu novamente.

"Consciência". Ficou claro como a luz do sol invadindo paredes de vidro. A consciência daquele homem me falava, sobrepujando um cérebro tomado de proteína tóxica. "Peço desculpas"! Que vergonha!

O choro veio de algum lugar que provavelmente nunca estaria sujeito às tais proteínas. Não me pergunte! Não sei. Chorei envergonhada pelas ideias preconcebidas que eu trouxera em minha caderneta de anotações, pela grandeza de tudo o que eu estava vendo e sentindo ali, pelo cubículo claustrofóbico no qual enterrei minha alma, que agora desejava passear pelo jardim e poder sentir o bendito cheiro do orvalho! Lídia me abraçou, com a maestria de quem fazia aquilo pela milionésima vez, mas com o carinho de quem se dedica a uma única pessoa.

— Vamos, querida! Tudo bem! Talvez seja melhor você voltar amanhã. Temos muito para conversar ainda, muito para ver. É coisa demais para um só dia! Você nem imagina quantas coisas ainda quero mostrar!

Assenti. Era um trabalho, um furo. Teria de dar satisfações ao Norberto, meu editor-chefe, e providenciar outra pauta de emergência. Mas aquilo tudo valeria trabalho para muito mais! Eu precisava estar em condições, precisava chegar preparada na próxima vez.

Apenas agradeci e Lídia me conduziu ao corredor novamente.

Agendei meu retorno para o dia seguinte, agradecida pela compreensão e já planejando refazer as perguntas de minha caderneta.

— Vou precisar trabalhar mais naquele furo, Norberto! Há muito mais para se noticiar do que as informações passadas! Vou encaminhar a você uma outra pauta para esta semana, mas confie no meu faro jornalístico! Vai ser um estouro! – comuniquei ao meu editor-chefe, sabendo que as palavras "mais para noticiar", "faro jornalístico" e "estouro", juntas na mesma frase, produziriam um efeito silenciador propício para o momento em que não queremos mais perguntas. "Ok" – foi sua resposta. É incrível o quanto conseguimos dar qualquer tom à notícia, sem mentir, mudar totalmente a rota de compreensão. Ainda que seja uma boa notícia, dar um tom trágico e sensacionalista à manchete sempre a faz vir ao topo do *ranking* de vendas.

Cheguei à redação, sentei-me diante dos teclados, trabalhei na matéria da semana o mais rápido que pude, assim teria mais tempo para minha pesquisa sobre o dia seguinte. Digitei a palavra NAVI e fiquei impressionada com o que consegui ler, como quem faz uma leitura dinâmica!

"NAVI – Núcleo de Acolhimento à Velhice e à Infância"

"... com sede no Brasil, hoje se estende por mais oito países: Estados Unidos, Japão, Portugal, Itália, Chile, Uruguai, Austrália e Canadá."

"... idealizadora do projeto levou oito anos para reunir o grupo de investidores para a primeira casa, tendo aplicado recursos próprios no projeto arquitetônico."

"... gigantesco banco de dados para pesquisa científica nas áreas da medicina, fisioterapia, educação física, psicologia, nutrição, enfermagem, educação, pedagogia e sociologia. Atualmente, recebem verbas expressivas de instituições internacionais de fomento à pesquisa, além da iniciativa privada."

"... a casa foi considerada um exemplo para muitas outras inciativas ao redor do mundo, e diversos países estão estudando a possibilidade de implantar unidades em regiões estratégicas."

Não consegui ler tudo. A única pergunta que abafava qualquer outro pensamento era: "Em que planeta eu estou vivendo?". Isso era, inclusive, um problema estrutural que eu compartilhava com todos os colegas da redação. Um periódico semanal que se dirige, exclusivamente, às questões do envelhecimento. Que ironia! Como ninguém conhece? O maior furo de todos, afinal de contas, era o fato de vincularmos informação sem conhecer o que talvez fosse a principal fonte de informação. Que humilhante! Já nem sei mais como comunicar tudo isso à redação...

Resolvi retomar a pesquisa. Fechei aquelas abas e digitei as palavras "casa de repouso". Dezenas de páginas se abriram. Fui batendo os olhos nos títulos, diversos nomes, alguns até criativos, outros cafonas, outros hipócritas.

A propósito, quanta hipocrisia nesse meio, meu Deus! Escrevo sobre um assunto apaixonante, que me encanta, mas sou obrigada a "encontrar as palavras" para não "ofender" nosso leitor, para não "afastar" nosso público-alvo. Vamos falar dos problemas do envelhecimento como se não fossem nossos, como se fossem do cachorro, do presidiário, do esquimó. Vamos fingir que não acontece com a gente, que não vai acontecer. Fica a critério do leitor, em sua leitura privativa, decidir se vai parar em uma matéria sobre incontinência urinária, impotência sexual, técnicas para alívio das dores articulares ou queixas de memória. Ainda assim, damos o "tom", como se as informações e orientações fossem ser úteis apenas para aquele moribundo de quem você ouviu falar no último café com as meninas, obviamente não para você.

Não vamos usar as palavras "velho", "velhice", como se essas fossem palavrões. Vamos usar a palavra "idoso" apenas nos textos que envolvem leis. Vamos adotar o termo "melhor idade" para qualquer situação em que seja indispensável uma definição. Essa é a nossa cartilha. Siga ou saia! Bem... ainda assim, eu sigo. É importante para quem tem o que dizer, ter um canal para dizer, ainda que com outras palavras.

Tenho a consciência humilde de que não sou velha, portanto, tudo o que sei sobre velhice vem de observação e estudo, não da experiência. Na verdade, não sei como vou me sentir quando for velha, se vou explodir em brotoejas e verrugas se alguém me chamar assim, ou se meu maior pesadelo será ter de confessar que aprecio chá e bingo. Hoje eu acho lindo! É um status ser velho! Adoro essa palavra. Falo sempre que posso: velho, velho, velho, velho... soa como música. Você deveria experimentar. VE-LHO!!!

Voltando às casas, lá estavam todas as hipocrisias e preconceitos muito mal disfarçados, mas nada sobre NAVI. Digitei idosos, *homecare*, cuidadores de idosos, ILPI (Instituição de Longa Permanência para Idosos), "ASILO"... uiiiiiii –

outra palavra proibida! Disseram que é feio usar essa palavra, que é decadente e deselegante. Caiu em desuso, virou palavrão.

No dicionário está escrito *"lugar onde se está em segurança; refúgio; abrigo"*. Vamos chamar de ILPI ou casa de repouso. Hipocrisia. É questão de tempo até ILPI virar palavrão também. Basta um pouco de popularidade e todo mundo vai descobrir do que realmente se trata – e então outros hipócritas vão buscar refutar o sentido com novas siglas. É o caso do termo "terceira idade", antes tão utilizado, hoje já não disfarça mais que estamos falando de velhos. Essa é a nossa cultura de trocar as palavras, em vez de ressignificar os sentidos.

Nesses momentos, sempre me lembro da frase de Augusto Cury, em seu livro *"O futuro da humanidade"* – *"Os jornalistas são profissionais interessantes. São como bactérias que criticam o sistema, mas dependem dele para sobreviver"*. Bactérias. O tipo de verdade que dói reconhecer. Porcaria de escritor inteligente.

Entretanto eu, bactéria infectante de um sistema hipócrita, desejo entrar em contato com os anticorpos desse tal NAVI e descobrir como me combatem, ou melhor, como combatem todas as temíveis bactérias que insistem em fazer e noticiar denúncias e perseguições, sem sequer aparecer numa simples busca no Google.

Como podem aparecer apenas para quem já apareceram, ao vivo? A única referência de NAVI na rede é NAVI. Não aparece em nenhuma outra busca. Nem mesmo quando digitei "casa de repouso famosa", "casa de idoso modelo", "casa de repouso para idosos e crianças em forma de cápsula de foguete", "casa de repouso octogonal"... nada aparece. A não ser que digitasse a palavra NAVI, nada poderia encontrar a respeito da casa. Como em uma sociedade secreta, podiam visitar apenas os que fossem, de alguma forma, convidados.

Em um mundo em que só existe o que está na *internet*, nas mídias sociais, por que eles se escondem? Qual o segredo?

Como boa jornalista, perguntas sem resposta são verdadeiros afrodisíacos inibidores de sono. As poucas horas anunciadas pelo meu aplicativo de hábitos saudáveis não me preocuparam. Eu tinha uma nova lista de perguntas muito mais excitante em minha bolsa desta vez. O pico de ansiedade que atingi tornou difícil meu descanso, por incrível que pareça, pela primeira vez em anos de Jornalismo.

Amanhã já vem, mas cada minuto vivido no mistério de um lugar que parece pertencer a outro planeta representava uma eternidade livre da relação espaço-tempo.

5. Octógono

— Bom dia, dona Paula! Se quiser usar o *toilette* ou servir-se de água, café, chocolate... Já anunciei à dona Lídia que a senhora está aqui.

A mesma recepcionista, com o mesmo *script*, as mesmas impecáveis trufas na *bonbonnière* e uma outra fruta aromatizando a água no jarro de cristal. Como por efeito de uma reação retardada do dia anterior, fui até o aparador e me servi de café, apanhei uma trufa, em seguida me lembrei de agradecer.

— Muito obrigada... ah... qual o seu nome mesmo?

— Creusa! Muito prazer! – com um aperto de mãos, voltou ao balcão.

No tempo que foi suficiente para terminar meu café e aquela trufa espetacular, Lídia veio ao meu encontro, pareceu-me ainda mais linda do que me lembrava.

— Como vai, querida? Teve um bom descanso?

— Não exatamente... muitas perguntas, sabe?

— Isso é muito bom! Espero poder contribuir! Sugiro retomarmos de onde paramos ontem, e ao final você poderá fazer as perguntas que restarem. O que acha?

— Estou à disposição!

Lídia passou seu braço pelos meus ombros, como de costume, conduziu-me pelo corredor que provocava uma inesperada sensação de bem-estar. Piso macio, perfeitamente plano, colorido, organizado em seus sentidos de ida e volta.

— Isso é uma ciclofaixa? – a pergunta a fez rir.

— Até poderia ser, se andássemos de bicicleta aqui dentro. Mas na verdade essas faixas ajudam a manter a ordem do deslocamento a pé ou na cadeira de rodas, além de outros veículos que nós mesmos criamos. A faixa da direita vai em um sentido, a da esquerda retorna. Duas cadeiras passam tranquilamente por esse corredor, sem o risco de machucar os braços dos cadeirantes. Vamos até a ala V-II. – seguiu direto pelas portas da ala um, em que estivemos ontem, e apertou o botão da segunda porta. — Aqui ficam os idosos que sofrem de desordens psiquiátricas leves, depressão, ansiedade, transtorno de personalidade. Eles recebem serviços especializados em movimento, psicologia positiva e ajuda humanitária. São nossos ajudantes para uma série de tarefas na Nave, especialmente com as crianças. Nada melhor do que o sentido de servir!

A ala era bem decorada, iluminada, muito parecida com a anterior, porém com mais cores, lembrava um arco-íris. A música alegre enchia o corredor central e o terraço ao fundo, e as pessoas estavam produzindo bordados, pinturas e outros trabalhos manuais em tecidos.

— Bom dia, queridos! Essa é Paula, veio nos visitar! – ao que as pessoas responderam com um breve sorriso, e retomaram suas atividades.

— Venha ver o que estou fazendo! – convidou uma senhora sentada em uma das poltronas do terraço. – É um desenho da Minnie, a Catarina adora a Minnie! Ela me pediu para pintar a Minnie na camiseta dela!

— Disponibilizamos moldes com alguns dos personagens favoritos das crianças. Elas pintam em camisetas, toalhas e quadros! E ainda vai com a assinatura delas! Nesta ala, as crianças têm um papel ainda mais especial. Elas dão sentido novo à vida desses idosos!

— E os homens? O que estão fazendo?

— Eles constroem molduras, consertam brinquedos, ajudam a cortar tecido para a confecção de roupas. Venha comigo! – conduziu-me a uma porta que seria como um dos dormitórios. No lugar de um quarto, havia máquinas de costura dispostas em linhas, com um grande balcão ao fundo, que dava para a parede de vidro margeada pelo lago de carpas. Algumas mulheres manuseavam as máquinas e havia três homens manipulando moldes e cortando os tecidos.
— Bom dia, queridos!

— Bom dia, Lídia! Mais uma visita? – disse um dos senhores.

— Sim, essa é Paula! Maria, mostre o que está fazendo, por favor!

— Estamos confeccionando as fantasias da peça de teatro das crianças! Vão representar os clássicos Disney!

FEITO BORBOLETAS

— Tudo o que fazemos tem a participação de todos, de alguma forma. Os que não conseguem produzir nada serão espectadores e contribuirão com seus aplausos e comentários. As crianças servem o que têm de melhor aos idosos, sua alegria, espontaneidade, vitalidade, talento. Os idosos tecem meios para estimular ainda mais a criatividade delas. Todos estão conectados aqui.

— A Nave Mãe ama a Disney! Todo mundo aqui ama a Disney! A gente adora fazer roupa da Disney! – disse Maria, com brilho nos olhos.

— É como chamamos a idealizadora da casa, Nave Mãe. Uma mulher incrível. Você deve ter lido sobre ela na *internet*. – arriscou Lídia.

— Na verdade, não. Interessante você tocar nesse assunto. Fiquei intrigada como foram restritas as informações disponíveis sobre vocês na *internet*. Não encontrei o nome da idealizadora, nem qualquer outra referência que possa ajudar a localizá-los.

— Mesmo assim, você está aqui, não está?

— Por um mero acaso.

— Ah, querida... sua fonte de informação e conhecimento está sob domínio do filtro de algoritmos? Não me surpreende ter tantas perguntas atrapalhando seu descanso. – fez uma pausa e voltou-se para todos no salão. – Obrigada, queridos! Caprichem, as crianças estão ansiosas e eufóricas, vocês sabem!

Algoritmos?!

— Vamos conhecer a ala V-III. Aqui ficam os idosos com limitações físicas, porém com boa saúde mental. Os desafios são as dores, a falta de mobilidade, a lentidão na locomoção. Esses são nossos principais usuários da "ciclofaixa", em geral, pilotando nossos veículos adaptados. Cadeiras movidas a bateria solar para o deslocamento sem a necessidade de alguém para empurrar, outras movidas a pedais para mãos e pés, você quase acertou sobre a ciclofaixa... – riu. – Mas aqui chamamos de veículo, já que está mais para um triciclo do que para uma bicicleta.

Apertou o botão que faz a porta embutida deslizar, expondo um outro corredor geometricamente idêntico aos demais, porém com atmosfera totalmente diferente. Claridade, cheiro de natureza, raios de sol, muitos detalhes em madeira na mobília, obras de arte nas paredes. Fomos direto ao terraço, que era ainda mais amplo. A estrutura de vidro permitia a impressão de que não havia separação entre o ambiente interno e o externo. Muito lindo! Flores, orquídeas coloridas decorando um jardim vertical.

Os idosos estavam sentados com bandejas à sua frente, tomando o café da manhã.

— O orvalho e os raios solares da manhã são os melhores nutrientes, o mundo lá fora vive uma grande fome disso, e nem sabe. Além disso, eles tomam um suplemento com proteínas, vitaminas, minerais, fibras e calorias controladas, além de ingerirem uma porção de frutas e grãos que nós mesmos produzimos. Comida viva é muito importante. O mundo lá fora tem fome disso também. Esse é o melhor tratamento para eles: boa hidratação, nutrição equilibrada, orvalho e sol. Os resultados são incríveis! Ah, se os terráqueos soubessem disso... a indústria farmacêutica teria de repensar suas extravagâncias. A medicina teria de se reinventar, sua grande patrocinadora estaria desenganada.

— Por que vocês não divulgam isso lá fora? Vocês não têm nem mesmo um *site*!

— Toda a informação está disponível lá fora, querida! Não há nada que se faz aqui que não esteja à disposição do mundo lá fora.

— Discordo! Há muito com o que vocês podem contribuir.

— Nossa maior contribuição está na maneira como aplicamos o conhecimento para o bem coletivo. A consciência de que unidade é apenas uma visão parcial do todo que existe. Contribuímos ao enxergar isso pelo lado de dentro, e não pelo buraco da fechadura. As pessoas estão doentes com tanto acesso à informação e tanta carência de conhecimento. Informação sem ação adoece. Morre-se de fome, no entanto "o banquete está servido, ainda que ninguém venha". Temos um universo inteiro disposto a informar, e uma humanidade brincando de fazer de conta que tudo é ilusão, que tudo é de mentira. Baseamos nossa conduta em grandes mentiras, enquanto a verdade impera imune às nossas opiniões.

Lídia continuou...

O homem é aquele que doutrinou sua mente para gostar do que lhe rouba a disposição um pouco a cada dia, e deixar de lado a verdadeira fonte da saúde e do bem-estar. Não gosta de água, mas se intoxica com venenos engarrafados. Trabalha demais em busca de *status*, mas não tem tempo para estender a mão que foi feita para servir. O homem é capaz de se indispor com as coisas da velhice, sem se lembrar de que ele caminha a cada minuto para essa realidade. O conhecimento está sempre em busca do que tem olhos para ver, ouvidos para ouvir, mãos para servir. Não dá para adquirir isso em uma busca na *internet*. Nós seguimos a nova ordem, e a ordem traz todo aquele que estiver pronto por meio do caos.

Então ela sorriu como se não tivesse acabado de me fazer parecer uma analfabeta intergaláctica, e disse...

— Vamos conhecer as Águias. – apertou o botão de saída, conduziu-me à ciclofaixa que estava lotada de crianças saltitantes que se emparelhavam no sentido certo, sem invadir a "contramão". – Olá, crianças! Façam um bom trabalho hoje!

— Aonde elas estão indo?

— É dia de atividade na ala V-I. Elas têm tarefas junto aos cuidadores dos idosos. Conseguem transformar o clima lá! Eles ficam bem mais calmos e respondem muito melhor aos exercícios e tratamentos quando estão por perto. Essa informação também está à disposição de todos, basta uma simples observação. Entretanto, o que ocorre é que as pessoas sempre dão diversas desculpas para limitar o acesso das crianças a idosos como esses. Nosso mundo pensa que o mais velho deve cuidar da criança, no entanto, aqui a criança cuida do mais velho com o que ela tem de melhor: sua energia, sua alegria, seus bons ossos e articulações. Elas são levadas a compreender e respeitar as limitações de cada um, e são como faróis que iluminam o caminho deles. Obviamente não ficam sozinhas, mas participam do trabalho sério de gente grande como aprendizes mirins de Medicina, Fisioterapia, Psicologia...

— Impressionante!

Apertando o botão da ala V-IV, uma professora sorridente apareceu caminhando em nossa direção, seguida de um bando de idosos, em sua maioria, mulheres, alegres e coloridas.

— Bom dia, Lídia!!! Vamos para a ginástica? – convidou a professora.

— Hoje não, querida! Estou com visita! Esta é Paula, uma jornalista.

— Muito prazer! – respondi.

— O prazer é todo meu! Sou Luciana, professora de Educação Física.

Um coro de boas-vindas fez-se audível entre os idosos.

— Estas são as Águias – continuou Lídia. – São os idosos independentes, com autonomia preservada, física e mentalmente ativos. A maioria é antiga praticante de atividades físicas e cognitivas. Eles têm livre acesso a todas as dependências da Nave, entram e saem quando desejarem, possuem dormitórios personalizados. Meu favorito é o da Conceição. Posso mostrar a ela seu quarto, Concon? – gritou para uma delas que estava quase no corredor externo.

— Claro! – bradou a senhora, levantando um dos braços.

Apertou um botão e a porta se abriu. Os móveis eram em mogno maciço, entalhado com riqueza de detalhes. Guarda-roupas, cama, mesas de cabeceira, aparador, poltrona, penteadeira.

— Nossa... eu me lembro de móveis assim. A casa dos meus avós tinha esses tipos de mobília! Há décadas não vejo mais.

— A modernidade tornou tudo mais *clean*, minimalista. Particularmente gosto muito da simplicidade, mas há coisas que merecem ser preservadas. Os objetos de uma pessoa quase sempre estão impregnados de história, e há pessoas que gostam de guardar essa história de uma forma concreta. Entrar aqui é como viajar no tempo. Às vezes, a Concon deseja trocar tudo, mandar tudo isso embora, mas as amigas não deixam! Todos gostam dessa sensação de viagem no tempo que essa mobília proporciona.

— Para onde elas foram?

— Para o núcleo. O espaço central. Assim que terminarmos a segunda metade, vou mostrar a você.

O corredor mudava de decoração à medida que dávamos a volta naquela segunda metade. As paredes já não tinham aquele jardim vertical por inteiro. Parte dele era espaço em branco para a colagem de quadros e desenhos, todos produzidos por elas. Assim como os idosos, as crianças estavam divididas em quatro alas, por faixa etária: I-I, de zero a 3 anos; I-II, de 4 a 8 anos; I-III, de 9 a 13 anos, I-IV, de 14 a 17 anos. Os quartos seguiam o mesmo desenho geométrico, e a decoração e mobília dos dormitórios variam muito entre as alas, para atender a diferentes fases e necessidades.

— As varandas são destinadas às atividades das crianças. Todos os dias elas têm atividades junto aos idosos nos primeiros horários da manhã, cada grupo visita uma ala em dias específicos da semana. Hoje a ala I-IV fará ginástica com os V-IV. Depois de servir ou se exercitar, o cérebro fica mais apropriado para a aprendizagem, e eles voltam para suas atividades pedagógicas. É sempre bom lembrar que há muito a se aprender e muita gente que vai contar com suas habilidades. Estudar só faz sentido se há um significado. É a parte mais difícil que o mundo lá fora enfrenta com as novas crianças. Elas sabem que a forma clássica de educar não atende à nova ordem. Velha energia encontrando nova era. Não funciona. Pais do mundo todo estão desesperados. Parece que o sistema quer que as crianças sejam colecionadoras de informação, mas elas desejam aperfeiçoar seus talentos para servir. Aqui nós as ajudamos a identificar esses talentos, e fornecemos a informação necessária para desenvolvê-los. É só o que basta.

— Como assim? Elas não vão para a escola? Moram aqui? Estão internadas? Não têm família?

— São crianças que chegam vindas do abandono ou da entrega à custódia do Estado. Infelizmente, há muito mais por aí que não podemos ajudar, mas fazemos o possível por elas. A adoção é uma possibilidade para elas, muitas famílias vêm aqui para escolher uma para adoção, e até as maiores já tiveram oportunidades, mas acabam querendo ficar. Outras vão, mas depois preferem voltar. Os bebês acabam sendo adotados porque aqui são bem tratados, e isso traz mais conforto aos novos pais adotivos. As crianças que crescem com a gente são preparadas para a vida. Crescem sob os valores de amor, compaixão, conhecimento, comunidade, respeito e espírito de servir. Muitas crianças saem da faculdade ainda como crianças, e nunca chegam a amadurecer. Ao contrário, fortalecem seu egoísmo e ilusões. Esperam que sua jornada resulte em mais pessoas ao seu redor para que as sirvam, e nunca param para pensar que alimentam um caos desordenado que só trará sofrimento e solidão. É isso que ensinam nas escolas?

— Quem as ensina? Quem são seus professores?

— São pesquisadores, principalmente da Pedagogia, Sociologia e Psicologia. Construímos técnicas e processos, elas aplicam esse método e o investigam cientificamente. Esse conhecimento é publicado em periódicos internacionais, e essa é uma de nossas linhas de pesquisa mais fortes aqui. Somos patrocinados pela iniciativa privada e por órgãos de fomento à pesquisa. Vamos conhecer o núcleo, antes que termine a sessão.

Fomos até uma grande abertura que ficava perto da saída para a recepção, que dava entrada para um amplo salão redondo, com piso frio em mármore verde, de onde se podia ver os jardins verticais atrás de uma cortina de vidro, que terminava o nível do primeiro piso, dando a dimensão da altura da construção com vista aos dois outros mezaninos, finalizando no teto de vidro octogonal em forma de cápsula de foguete. Os raios de sol das primeiras horas da manhã já formavam prismas coloridos que refletiam em todo lugar, e o ambiente era naturalmente fresco.

— Uau...

— Nosso sistema de ventilação demorou séculos para ser desenvolvido, mas é bem simples. Pessoas do mundo todo já vieram conhecer. A idealizadora da Nave apenas sugeriu ao engenheiro a fusão dos princípios físicos de um moinho de vento com o jogo de bilhar, e construímos centenas de pequenos moinhos dispostos em direções estratégicas. A massa de ar é impulsionada de um para o outro, como um efeito dominó, fazendo o ar circular de forma ordenada. Assim, dispensamos o uso de eletricidade e ar-condicionado. Quando a direção dos ventos muda, há moinhos esperando por eles em outros ângulos. Valeu cada minuto investido nesse sistema, sente o frescor?

Era como o sopro de anjos. Sempre odiei ar-condicionado!

A aula começou espalhando uma energia palpável por todo o ambiente, tão colorida quanto os figurinos de ginástica, as sete cores dissipadas pelos prismas. Quase me esqueci do cansaço e da forte expectativa em finalizar aquela ronda interestelar, temendo encontrar mais uma ala de coisas impossíveis, inacreditáveis, que desafiavam meu senso de realidade e me faziam indagar o quanto estaria maluca ou desatualizada. Quase deixei tudo isso de lado para me juntar ao grupo, enfeitiçada pelos movimentos despertos daquelas mulheres que pareciam não se importar se o mundo lá fora as chamasse de velhas.

— Inebriante, não? Ela é uma chama acesa, que contagia todas, que as mantém na mesma vibração. Sob o seu comando, todas permanecem fortalecidas por laços de amor e superação, como uma verdadeira família. É o dom dos professores especiais. Muitos se dedicam à arte de lecionar sem nunca encontrar esse tesouro dentro de si mesmos. Nunca se colocam verdadeiramente à disposição de servir.

— É uma professora incrível, vocês estão de parabéns!

— Acredito que possamos ir até meu escritório, você me acompanha?

— Claro! – finalmente... a lista de perguntas já estava pronta para pular de minha bolsa.

Subindo dois lances de escada, chegamos ao mezanino. Um corredor mais simples, que dava visão para todo o andar térreo, nos levou à última sala quase inteiramente feita de vidro. Pelo lado de fora, dava para ver as estantes de livros, plantas, poltronas e nenhum outro objeto de decoração. Uma mesa retangular e limpa antecedia uma cadeira com encosto ergonômico. Sobre ela não havia nada, nem um telefone, nem computador, nem um papel.

— Entre, por favor. Pode se sentar. – apontou-me uma das poltronas em frente à mesa vazia.

— Não há nada sobre sua mesa.

— É um esforço diário, mas compensa. É uma coisa que buscamos aqui. As mesas são símbolos, são objetos de muito valor. É nelas que as pessoas produzem, confraternizam, se alimentam. As mesas de trabalho vivem cheias, as pessoas têm a impressão de que, por estarem cheias, bagunçadas, seus donos estão sobrecarregados de trabalho, mas estão mesmo afogados em confusão mental. Não se pode produzir assim, as ideias não fluem, o espaço criativo está ocupado com coisas que não são a prioridade.

— Uma mesa vazia me dá a impressão de desocupação, ociosidade, abandono.

— Certamente, e você está certa. No momento, entre mim e você há um espaço vazio, pronto para receber toda a lista de questionamentos que você necessita expor. Você pode usar este espaço como quiser. Eu apenas preciso do conhecimento que tenho para responder às suas perguntas, e do conhecimento que se firmou em sua mente, sobre o que você já viu até aqui.

Ela silenciou e firmou o olhar, na certeza de que minha lista de questionamentos, de fato, traria uma maximizada bagunça àquela mesa minimalista. Vamos começar a despejar.

— Vou ser franca. Cheguei aqui ontem pela manhã obedecendo a uma orientação do meu editor-chefe, para cobrir um possível furo de reportagem. Nossa equipe editorial recebeu, de uma fonte segura de informações, uma denúncia de maus-tratos aos idosos aqui institucionalizados. Já fiz várias dessas investigações antes, a maioria procedeu. Idosos com escaras, assaduras antigas, sujos, queixando-se de sede, de calor, com sinais de queimadura de sol, com sinais de ferimentos por cateteres mal introduzidos, com hematomas. Coisas que extrapolam o que seria considerado normal. Bastava entrar na casa para detectar esses problemas. A gente já conhece só de olhar. Então, chego aqui e sou surpreendida com um conto de fadas, uma estrutura surreal, enquanto a grande maioria das casas de repouso do mundo enfrentam problemas financeiros, vocês parecem fabricar dinheiro no subsolo. Qual é o problema aqui? De onde vem esse dinheiro? Como vocês conseguem a tutoria de crianças? Como conseguem tratar pacientes com orvalho e...

— Raios solares. – completou Lídia, com um tom que misturava excitação com ironia.

— Isso. Raios solares e arco-íris. E por que se escondem da *internet*? Quem está por trás de tudo isso???

Lídia permaneceu com aquele sorrisinho de Monalisa e o olhar doce, parecendo se divertir ainda mais com meu ataque de franqueza. Ela tinha razão, a mesa pareceu bem mais carregada agora. Demorou mais do que eu gostaria para dizer alguma coisa, talvez estivesse precisando elaborar a sua lista de respostas.

— Já tive vários questionamentos assim. Para ser franca, é mais um de nossos *scripts*, finalizar a visita de um jornalista nesta sala, com esse tipo de "curiosidade". Você está usando o mesmo tom da maioria, na tentativa de intimidar e me desestabilizar para ouvir o que deseja. Depois de ver e sentir tantas coisas nesses últimos dois dias, é mais fácil supor que construímos um teatro perfeito para receber visitantes não convidados e disfarçar nosso real e maquiavélico propósito. O mundo é assim, e lugares como este só poderiam existir nos "contos de fadas". Já parou para pensar, por que não? Por que um lugar assim não poderia ser real? Por que não poderia existir um grupo de pessoas que vive suas próprias leis, e que fossem leis baseadas no bem-estar mútuo? Só é impossível para você, porque você já desistiu do mundo, de acreditar que existem pessoas boas.

— Eu acredito que existem muitas pessoas boas, não tem nada a ver com isso!

— E você se julga uma delas?

— Com certeza!

— Evidentemente, e você é tão boa que não há no mundo pessoas tão boas quanto você?

— Obviamente, existem pessoas tão boas quanto eu, até melhores!

— Puxa, que sorte a nossa. Mas nenhuma delas, nem mesmo você, seria capaz de fazer algo tão bom, algo que fosse pensado integralmente para o bem de todos. Pessoas boas fazem o bem a quem bem entendem, e aquilo que fazem bem-feito realizam por dinheiro, por status e reconhecimento. E, claro, postam tudo nas redes sociais. Essas são as pessoas boas que você conhece?

— Pessoas boas são obrigadas a servir ao sistema, ninguém consegue sobrepujá-lo. O mundo é cruel, e pessoas boas sofrem solitárias batalhas inglórias.

— Isso é exatamente o que todas elas têm em comum, e é o ponto em que podem se unir, deixar de serem solitárias. Juntas, suas batalhas não serão sempre inglórias. É possível vencer muitas delas. Aqui é como um quartel-general, onde os soldados se reúnem para se refazer. Todos os que travam batalhas inglórias lá fora são bem-vindos aqui. Gostamos de receber policiais, assistentes sociais, jornalistas, professores, pesquisadores, médicos, promotores, fiscais e até políticos, pessoas que vêm aqui para nos combater, mas a maioria acaba se juntando a nós em uma batalha coletiva. No fundo, todos querem acreditar que é possível fazer a diferença, que é possível que tenha uma razão, que haja sentido em tudo o que vivemos, que tudo possa ser melhorado.

— Você não respondeu nenhuma pergunta. Estou esperando. – esperando para ver como ela combateria uma bactéria persistente como eu.

— Todas serão respondidas, fique tranquila. Mas você não vai acreditar em mim, de qualquer forma. Vamos poupar nosso tempo. Você é uma jornalista investigativa espirituosa, inteligente, cheia de razão, cuja alma fora sugada pelos *dementadores*. – Lídia parou ao observar minha expressão de incredulidade, e continuou — Certamente que você conhece a história que J.K. Rowling escreveu para ilustrar como este mundo pode ser tão cruel! Sou fã dela! Os *dementadores* descritos na saga de *Harry Potter* estão em todo lugar, um manto negro de vazio coletivo, que sugam a alma de "pessoas boas" e as fazem acreditar que não se pode vencer o sistema, a maldade, o mundo. O "beijo do *dementador*" é esperado pelos solitários soldados abandonados pelas tropas. Seu efeito é uma grande demência e uma depressão incapacitante, você se esquece de quem é e de qual era o seu propósito, e se vê adulta, formada, ocupada, obedecendo ao sistema com o qual você não concorda porque acredita na ilusão de que está sozinha, e não há pessoas boas, não há como salvar o mundo que magicamente se tornou sombrio.

Um silêncio se fez presente, e tornou a esvaziar a mesa cheia de verdades angustiantes.

— Volte quando quiser e descubra suas respostas por si mesma. Há uma verdade aqui que não posso lhe transmitir em palavras. A nossa realidade está acontecendo agora, lá embaixo, aqui dentro, no subsolo – que é onde lavamos, ou melhor, fabricamos nosso dinheiro. Você deveria reservar um tempo especial para conhecer.

— Peço desculpas. Não foi minha intenção ofender.

— Não ofendeu. Na verdade, você acertou! Temos coisas muito valiosas no subsolo. Venha outro dia para conhecer. – finalizou Lídia.

Eu estava grata por estar indo embora, ainda que sem minhas respostas, ainda que sem uma história para a matéria da semana, e muito longe de ter qualquer tipo de furo. Era como se eu tivesse invadido, sem querer, algum tipo de seita, e tive a sorte de ter permissão para sair com vida.

Sentimentos conflitantes entrelaçavam meus passos, uma parte desejando ficar mais, desejando voltar e descobrir por mim mesma, como ela sugeriu. Comecei a pedir por "sinais", coisas que pudessem, magicamente, me fazer usar um *pó de flu* (ora, se não leu *Harry Potter*, pesquise no Google) para adentrar o local dos segredos guardados por duendes medonhos. Antes de chegar à porta que dava à ciclofaixa, eu ouvi, e isso me fez parar. As notas do violão. *Geraldo.*

6. Luigi

— De onde vem essa música? – perguntei, de chofre, à Lídia, que vinha me escoltando à saída.

— Ah! É linda mesmo! É o Luigi, um dos investidores da casa. Mora aqui há alguns meses, na ala V-II. Tem uma demência senil que não está bem definida, Alzheimer possível. É um homem encantador! E ama essa música! – Lídia parou de andar, como se esperasse meu pedido.

— Posso conhecê-lo? – pedi, atendendo a um súbito e impensado desejo.

— Mas é claro! Ele adora visitas!

Conduziu-me ao corredor que esteve aberto por um breve momento que foi suficiente para o carrinho de limpeza passar e o som da melodia invadir o ambiente externo, e me permitiu ouvir o cantarolar do meu favorito da velha guarda.

Apertou o botão que me dava a arrepiante sensação de estar em alguma filmagem de *Star Trek* e lá estava ele, sentado em uma poltrona clássica de camurça, com suas pernas sobre uma *chaise* e os braços alinhados nos descansos laterais. O dono de um cabelo todo branco, com uma calvície típica no topo da cabeça, acompanhava a letra da música com voz rouca e tom desafinado, pareceu não perceber nossa presença.

— Olá, Luigi! Como está essa força? – passando a mão sobre os ombros dele, anunciando sua chegada, Lídia sorriu.

Ele olhou de canto, levantou as sobrancelhas e expressou um largo sorriso.

— Pimentinha!!!

— Que alegria vê-lo! Sempre com esse sorriso cordial! Esta é Paula, veio nos visitar. Já estava de saída quando ouviu essa música e quis conhecê-lo! – deu-me sua deixa.

— Muito prazer, seu Luigi! O senhor estava cantando uma de minhas músicas favoritas!

— É uma de minhas músicas favoritas também! Já gostei de você! O que veio fazer aqui? – perguntou-me, sorrindo. Lídia me olhou de lado com seu sorrisinho no canto da boca, apreciando minha saia justa.

— Há... bem... eu... eu...

— Todos chegam pelo mesmo motivo e ficam pelo mesmo motivo. Não importa! É bom que seja assim. Você é advogada? – ele mudou de assunto para aliviar meu constrangimento, o que não funcionou.

— Jornalista. Escrevo para uma revista especializada em... idosos. – A rápida busca por uma palavra "politicamente correta" para substituir idosos foi força do hábito. Os olhos dele se arregalaram de novo, num tom de aprovação.

— Ohhhh... que maravilha! Sobre o que, exatamente, você escreve?

— Com licença... vou deixar vocês conversarem. Querida, obrigada por sua vinda! Fique o tempo que desejar! Até mais tarde, Luigi! – segurou em minha mão, deu um beijo na bochecha do seu Luigi e se retirou do quarto. O olhar dele acompanhou sua saída e se voltou a mim, esperando minha resposta.

— Escrevo sobre diversos temas, a maior parte sobre saúde física, mental, social. Entrevisto especialistas em Medicina, Fisioterapia, Psicologia, geriatria...

— Sente-se, por favor. – apontou-me a beirada da sua *chaise*. Pensei em não aceitar, dizer que estava de saída, mas ainda não tinha finalizado minha busca por sinais e isso era uma sensação convicta. Assenti.

— Esses dentes são seus? – surpreendeu-me com a pergunta. Eu sorria, em resposta ao seu sorriso constante.

— Ah, sim, são meus! Por quê? Parecem artificiais? – ri, sem jeito.

— Não! São perfeitos! É difícil alguém com dentes naturais tão perfeitos! Você tem um sorriso lindo!

— Obrigada! – *será que ele enxerga bem?* Não acho meus dentes perfeitos.

A música terminou em uma vitrola antiga e começou a produzir um chiado que há anos eu não ouvia, de uma agulha que chega ao final de um lado do LP e o braço não volta ao início. Olhei a vitrola empacada e me levantei para desligá-la. Na capa vazia do vinil, ao lado do toca-discos, um jovem Geraldo, um microfone e um violão, as armas de um soldado. Peguei-a nas mãos, voltei a me sentar.

FEITO BORBOLETAS

— Como foi viver nessa época? – perguntei, por fim.

— Tenho saudades. Foi quando construí minha vida, saí do zero, da pobreza, mas sempre soube que um dia eu chegaria aonde cheguei. Uma época de homens fortes! Eu fiz acontecer, não esperei por nada e por ninguém! Com quase nada de estudo, construí um império, sozinho!

— O senhor tem família?

— Sim!!! Tenho esposa e dois filhos, um casal, também dois netos.

— Por que o senhor mora aqui?

— Eu tive que me afastar de tudo. Eu quis me afastar de tudo... Depois de 50 anos de casados, minha mulher e eu começamos a brigar, ela não teve paciência comigo, eu comecei a fazer tudo errado! Desde que saí da firma e fui para casa, começamos a nos desentender. Achamos melhor eu vir para cá, um lugar que eu ajudei a construir! Quem diria que ficaria tão bem aqui, sossegado.

É tudo igual. São as mesmas histórias com famílias diferentes. Acho que basta por um dia.

— Foi um prazer, seu Luigi! – sorri, despedindo-me.

— Você entrevista pessoas, escreve histórias. Escreva minha história!

— Seria ótimo! Boa ideia, vou pensar em algo que possamos encaixar em alguma pauta. – respondi evasiva, em pé, colocando a Geraldo em seu lugar sobre o móvel. Voltei-me para ele, sorri mais uma vez. — Até mais!

Dei-lhe um aperto de mãos, ele já não sorria como há pouco. Antes de apertar o botão espacial da saída, ele quebrou o silêncio.

— Se você não escrever minha história, ela vai morrer comigo!

Não foram as palavras, mesmo com seu significado tão marcante. Foi o sentimento profundo por trás delas. Foi o apelo desesperado de um herói injustiçado, sem voz para honrar suas vitórias e redimir seus erros. Foi o legado prestes a ser enterrado com seu autor que paralisou meus passos de saída e me fez sentar naquela *chaise* novamente.

— Como assim? Seus filhos não conhecem sua história?

— Eles não ligam para nada! Não sabem de nada!

— Mas e sua esposa? Amigos?

— Nunca contei a ninguém as coisas que gostaria de ter contado. Quando eu não estiver mais aqui, gostaria que as pessoas soubessem quem eu fui e o que fiz, quem sabe ajudasse alguém em seu caminho.

CRISTIANE PEIXOTO

— Mas por que o senhor nunca contou?

— A gente só segue a vida, menina! Faz o que é preciso, acerta, erra e segue em frente. Cheguei aonde cheguei seguindo em frente, nunca parei para pensar ou para contar a história. Chegava em casa deixando as preocupações do lado de fora, não queria atormentar minha esposa com os problemas que eu vivia. Tudo passa tão rápido, quando a gente percebe está sozinho, deslocado, sem utilidade. A história que foi construída vive apenas na sua cabeça, ameaçada de se perder com o esquecimento! Minha cabeça já não anda boa, sabe?

— Não sei o que dizer, eu não tenho tempo para nada! Vivo em função do trabalho, das minhas obrigações, dos papéis que desempenho na família! Como eu poderia escrever sua história? O senhor diz, escrever um livro?

— Ah, seria um belo livro! Venha sempre que puder, eu conto a história e você vai escrevendo. Não tenho pressa, posso esperar o tempo que for preciso! Só não quero morrer antes que o livro fique pronto!

— Quantos anos o senhor tem?

— Nunca se sabe... – riu, humorado. – Não devo ter muitos. Já usei 79 deles!

Eu voltaria. Era aquela sensação convicta novamente, escreveria a história daquele homem que eu nem conhecia, uma história que, provavelmente, seria mais uma entre tantas iguais, o velho clichê dos velhos. O roteiro de uma geração, estratificado por gênero e classe social. Dê-me a idade, o sexo, o estado civil e a renda, e eu darei a história. Grande coisa, poderia escrever tudo sem ouvir uma palavra, mas voltaria.

Essa decisão mudou minha vida, uma pequena atitude nada promissora no presente, e as borboletinhas do caos geraram uma reviravolta no futuro para o qual voltaremos no próximo capítulo, deixando várias páginas subentendidas.

Dentre elas, vale destacar, o surgimento de uma forte amizade entre mim e esse velhinho, cujo hábito de dar apelidos a todos não me prestigiou, embora eu tivesse pedido mais de uma vez.

— Não posso dar a você um apelido! Você é você! – era sempre sua resposta.

Comecei a ajudar com o que podia e o que não podia dentro do lugar que passei a chamar de Nave, e não demorou para compreender o que Lídia me dissera naquela vergonhosa entrevista: *"Há uma verdade aqui que não posso lhe transmitir em palavras"*.

FEITO BORBOLETAS

Embora ela estivesse certa, eu vou tentar traduzir em palavras tal verdade, enquanto conto a história que é um clichê oculto nos troféus e nas cicatrizes de muitos homens que morreram (ou vão morrer) sem ter coragem de publicá-lo.

No que depender de mim, o caos por trás do herói tornará seu legado imortal, antes que a história em sua mente fosse para sempre esquecida.

7. Entrevista

— Boa tarde, Paula! Graças a Deus que chegou! O seu Luigi está alvoroçado hoje! Disse que só almoçaria quando você chegasse!

— Boa tarde, Creusa! Vamos com calma, hein! Hoje meu dia está virado do avesso! – respondi, já me dirigindo ao meu lugar favorito.

Apressei os passos, agradecida por não encontrar mais ninguém para cumprimentar nesse dia de pressa. Resolvi dar uma satisfação pessoalmente ao seu Luigi, pelo meu horripilante compromisso agendado de forma extraordinária em nosso horário semanal. A verdade é que eu, certamente, preciso mais dele hoje do que ele de mim, pois estou me sentindo absolutamente inapropriada.

— Seu Luigiiiiiii!!!! – costumo exagerar no nome dele ao entrar em seu dormitório. Isso sempre o faz sorrir. Aliás, ele sorri muito, exceto quando tira fotos! Diz que não é fotogênico, que nunca sai bem nas fotos, o que é verdade. Todas as vezes que pedi para tirar uma foto ou uma *selfie*, ele fecha o semblante na hora! Fica com o cenho franzido e cerra os lábios. É até engraçado, está rindo, sorrindo, todo brincalhão e quando eu saco o celular, o rosto muda, ele trava! Fico tentando fixar seu semblante descontraído na mente, já que é alta a probabilidade de que ninguém jamais consiga registrar aquelas covinhas aprofundadas pelo tempo em uma fotografia.

— Ohhhhhh, menina! – e abria aquele sorrisão. — Estava esperando você!

— Por favor, me desculpe, seu Luigi! Hoje não vou poder almoçar com o senhor! Acho que nem vou almoçar, na verdade! Não vai dar tempo! Eu marquei uma entrevista importante hoje às 15 horas, passei só para dar um abraço no senhor e avisá-lo pessoalmente! – as palavras saíram tão rápido que ele nem teve chance de me interromper.

— Sempre correndo... Mas se é importante, vá! Não se demore! Eu almoço sua parte, não se preocupe!

Eu poderia ter saído imediatamente, era só dar-lhe um abraço e acelerar para garantir um tempo de concentração antes do horário marcado, o que fazia de costume antes de uma entrevista. Mas eu estava travada, tal como o sorriso dele quando dizem "x".

— Vou ver uma pessoa que não vejo há vinte anos! Mal consegui escolher minha roupa. Não queria que fosse nada muito formal, exibido, nem *sexy*, nem casual demais... – esperei a opinião dele, mesmo tendo sido muito bem orientada pela santa Maria, que me ajudou a sair com um sapato clássico, uma camisa polo e uma calça que, segundo ela, tem um caimento discreto e "sugestivo". Ele mediu dos pés à cabeça, arregalou os olhos expressivos.

— Que beleza!!! – era minha frase favorita! Era tudo, ou quase tudo, que eu precisava ouvir.

— Mesmo?

— Quem é ele?

— Como sabe que é "ele"?

— Já usei 79 anos!

— Eu receio que esteja enganado! Apenas quero deixar a impressão correta! Não quero que ele pense que eu tenho qualquer tipo de motivação além da entrevista que farei. Estou fazendo meu trabalho, indo em busca de informações.

— Eu só perguntei quem era ele... Você já está se entregando!

— Desculpe não poder conversar mais! Deseje-me boa sorte! Semana que vem conto tudo! – dei-lhe um beijo na testa, saí em disparada.

Ora, ora! Quem diria, entrevistar Daniel Valentini! Não tinha expectativas com relação à sua aparência atual. Aquele rosto de outrora, que hoje vive exposto em mil publicações e postagens diariamente, ganhara apenas traços amadurecidos e alguns quilos de provável massa muscular ao longo dos passados vinte anos. Minha aparência atual, por outro lado, bem que poderia estar gerando alguma expectativa fugaz a ele, e por uma provável bênção genética advinda de minha amada mãezinha, eu não tinha nada do que me queixar. Sentia-me como antes, mas com o cabelo menos rebelde, um sorriso fácil, vestindo uma cor com a qual jamais seria vista vinte anos atrás. Quantas coisas mudaram! Quanto eu mudei! E pensando bem, estaria em poucos minutos frente a frente com um completo estranho.

FEITO BORBOLETAS

Fui anunciada por uma secretária. *Seja breve e objetiva*, lembrava do conselho de Maria em suas últimas recomendações. *Queria que ela estivesse aqui.* Queria, na verdade, que fosse ela a entrevistá-lo. Ela teria a tranquilidade suficiente para a derradeira tarefa.

— Oi, Paula! Quanto tempo! Bom te ver! – encostou levemente em meu braço para um cumprimento no rosto, conduziu-me ao seu escritório.

— Digo o mesmo! Obrigada por me receber!

— Imagina, é um prazer! – puxou a cadeira atrás da mesa organizada, indicando-me a dos "entrevistadores". – Sente-se.

— Bem, primeiramente, gostaria de dizer que serei breve, sua vida deve estar uma loucura!

— Ah, sim. Tudo mudou tão de repente... há cinco meses eu nem imaginava toda essa reviravolta! – começou a reproduzir um texto pronto, com relatos não muito detalhados das etapas que percorrera, deduzindo que era esse o objetivo da minha "visita".

Comecei a pensar no quanto estava sendo desgastante para ele ter de repetir aquela mesma história a cada nova entrevista, e antes que me rendesse ao impulso de escrever essa repentina trajetória para facilitar a comunicação, decidi voltar minha atenção ao relato produzido para gerar o efeito de comunicar sem significar. Por mais que me esforçasse, não conseguia visualizar a história por trás do feito, o homem por trás da lente. A cada minuto, o tempo politicamente correto para se entrevistar uma celebridade se esvaía, e não estava nem perto de alcançar meu objetivo. Não havia nada a acrescentar, além do trivial.

— E é por isso que voltei ao Brasil, para me especializar na categoria *storytelling*. Acredito que tenha sido isso que marcou o diferencial da minha fotografia. Não era apenas uma imagem, mas uma história muito bem contada sobre um assunto que todos conseguem compreender. O mundo como se apresenta hoje precisa de novas estratégias, a linguagem do *marketing* não é mais a mesma, as redes sociais mudaram todas as formas de agir e interagir. O jornalismo informativo não vende mais. As pessoas precisam se ajustar a essa nova realidade, especialmente na nossa área. Ou seremos devorados pelo mercado, já que todo mundo tem uma câmera e todo mundo acha que pode ser jornalista, e até tem espaço para isso! – concluiu, usando um tom acima da nota média da sinfonia programada, o que ganhou meus ouvidos, finalmente.

— Então, quais são seus próximos passos? Não compreendo como vai levar esse projeto adiante no jornalismo televisivo, é quase impossível fazer qualquer coisa conciliar com isso! – eu disse, me arrependendo das considerações. Foi nítida sua expressão de prazer ao engatilhar a resposta pronta.

— Não tenho medo de trabalho! Sei que vou passar um período trabalhando incansavelmente, mas depois terei a compensação disso. O próximo passo é iniciar uma estratégia de sensibilização dos profissionais do jornalismo sobre a relevância e contribuição do *storytelling*. A maioria nem sabe exatamente o que isso representa, e ainda que tenham uma ideia, são absurdamente ineficazes em sua utilização. Leia nossas matérias! São chatas e frias, enquanto uma onda gigante de blogueiras e *influencers* digitais se encarrega de realmente comunicar, pois consegue falar a língua das pessoas.

Dessa parte eu gostei muito! Só de ouvir, senti uma forte inclinação para me aliar a essa jornada! Ele tinha toda razão. A julgar pelo meu próprio exemplo, sabia das dificuldades de comunicar qualquer coisa que fosse do interesse do "patrocinador" a um público com o qual precisávamos interagir como se não se tratasse dele.

A hipocrisia não pode gerar outro resultado se não o distanciamento irrevogável entre a mensagem e seu interlocutor. O "jornalismo" moderno estava sendo construído nos guetos, entre pessoas consideradas "formadoras de opinião" por seus iguais. A voz do povo é a voz do povo, e é a voz que o povo quer ouvir. O mundo curva-se ao bel-prazer dos que fazem o que letrados acadêmicos, por vezes, falham: influenciar!

Nunca vimos uma época tão crua de talentos, de cultura, de valorização do conhecimento formal, dos diplomas, do cumprimento de regras. O currículo de alguém está em suas redes sociais. A *internet* é uma galeria de colecionadores de corações virtuais e vermelhos: a nova moeda internacional. Essa realidade está presente nas entrelinhas escritas e faladas dos nossos colegas, traduzida pelo descontentamento que tinge de um cinza entediante as falas encomendadas por um sistema com o qual nunca quisemos compactuar.

— Concordo com você! Mantenha-me informada quando começar essa empreitada. Quero fazer parte disso! – rendi-me enquanto anunciava minha partida ao ficar em pé pelo sobressalto da empolgação.

— Claro! Manterei contato!

Ele me conduziu à saída, passou uma mão pela minha cintura e me deu outro beijo no rosto, mostrando que o tempo passado em outra cultura não maculou os velhos hábitos de alguns homens brasileiros.

Ufa! Bendita genética da amada mãezinha...

8. Maria

— Puxa, devo me render: esse cara é inteligente! – foi a primeira fala de Maria, assim que teve oportunidade.

— Sim! Isso sempre foi inegável...

— Só que você percebeu que não conseguiu o que queria, certo? O que ele acrescentou de informação além do que já estava publicado? – Maria sabia quando usar aquele tom irritante, de alguém que sempre tem razão. Coisa das mães.

— Bom... achei interessante ouvir a parte sobre o projeto de... treinamento em *storytelling*, por assim dizer. Concordo plenamente! Acredito que muitos de nós pensem da mesma forma, mas não têm coragem ou espaço para dizer. A verdade é que somos escravos do sistema! Nós deveríamos ser os maestros da informação, mas, no entanto, parecemos meros telefones sem fio. Acho que isso vai sacudir a nossa área como um todo! E, com certeza, ele não me diria nada naquele breve espaço de tempo! Está certo, ele deve estar se estruturando para trazer o conteúdo de forma sistematizada, talvez um curso, um congresso, imagino. – Maria percebeu o tom da minha empolgação.

— Eu entendo! Que coisa, não? Isso é praticamente irresistível a você, eu diria que é sua cara! E agora você vai iniciar um caminho de aprendizado e reflexões, certo? – eu percebi o tom da sua ironia.

— Veja, Maria! Quer saber mesmo uma das minhas reais motivações de ir vê-lo? Saber como seria olhar para ele novamente. E quer saber? Um completo desconhecido! Não tive nenhum sentimento! Confesso que, em alguns momentos, olhei para ele procurando por aquele rapaz do passado, e não o vi de nenhuma forma. Está tudo limpo e em seu respectivo lugar. Passado é passado!

— Então, é onde ele deveria estar: no passado! Não vejo com bons olhos isso, Paula! Há vários ditados populares que dizem isso...

— Sim, eu sei de um: "Mantenha seus amigos perto e seus inimigos mais perto ainda!" Por isso é bom viver, o mundo gira e caminhos diferentes nos distanciam e nos aproximam! É inevitável! Seria um desperdício se eu me privasse de algo bom agora, por causa de uma bobagem da juventude.

— Quem dorme com criança acorda molhado, Paula! Mas o que posso fazer? Como eu disse, ele é muito inteligente.

Assim, ela finalizou a conversa, aparentemente não desejando mais falar no assunto. Imaginei que não poderia contar muito com ela quando precisasse conversar sobre "aprendizado e reflexões" proporcionados por essa nova jornada, mas sabia que não estaria sozinha! Seríamos como um time, uma liga de profissionais já consciente do terror que nossa área tinha se tornado, e desejava mudança.

No fim, eu percebia que era isso que ele vinha trazer com essa nova empreitada: esperança a todos nós. Era o que mais precisávamos! Alguém que alcançara o sucesso nos guiando sobre como enfrentar o sistema, como ter forças para sair da roda dos ratos e fazer valer nossa voz. Ah, minha voz! Não pude negar o quanto me sentia distante daquela garota incansável que decidiu cursar jornalismo para mudar o mundo! Tinha orgulho do que tinha conquistado até aqui, mas sempre sentia um certo vazio, a angústia inexplicável de quem é grato pelas pernas que caminham e pela estrada a percorrer, mas nunca enxerga no horizonte a tal linha de chegada.

Maria, não. Ela era sempre soberana! Se eu pudesse pegar emprestadas suas conquistas, inclusive a satisfação de carregar consigo a vitória de ter uma família como a dela, teria tudo de que precisava! Mesmo com todos os problemas, mesmo quase ficando louca com aqueles dois filhos peraltas e aquele marido general... mesmo com isso tudo, ela tem um verdadeiro tesouro.

Está certo que ela também se queixava bastante, ora por estar sobrecarregada de tarefas e preocupações com os filhos, ora por estar revoltada com a falta do que ela chamava de "sensibilidade e parceria" do marido. Eu costumava olhar tudo isso de perto e, de verdade, admirava a forma com que ela conduzia tudo, desde uma meleca desesperadora pela casa até a rotina pesada que envolvesse os cuidados com todos, com o lar, com o trabalho...

FEITO BORBOLETAS

Lembro-me de uma vez em que ela estava completamente exausta! Os filhos estavam saindo das fraldas, ela acordava de madrugada e percebia que eles estavam frios e molhados! Imagine o que é acordar de madrugada, interrompendo o sono, ir cambaleando para verificar os sinais vitais dos pequeninos, e descobrir que você precisa tirá-los da cama, tirar toda a roupa de cama, o forro, colocar tudo para lavar, arrumar roupas limpas em DUAS camas, reposicionar as crianças novamente, torcer para todo mundo dormir de novo e acordar em pouco tempo para trabalhar. Só de pensar, fico morta de cansaço!

Com tão pouco tempo para qualquer coisa, Maria ainda conseguia cozinhar as comidinhas dos filhos com os melhores ingredientes, de forma balanceada, dividia as refeições da semana em vidrinhos que eram tirados do congelador um dia antes, para aquecer no fogo na hora da alimentação. Tudo isso para, de vez em quando, algumas dessas refeições irem parar no chão, sob a mesa, ou embaixo de algum armário para todo o sempre.

Maria é exemplar por sua sabedoria, por sua paciência, parecia alguém que sobrevive a um naufrágio e estava em mar aberto, sem proteção, sem salva-vidas, e tinha apenas duas opções: entregar-se e morrer, ou nadar – com calma e paciência – só um pouco mais, só um pouco mais, só por agora, só por hoje...

Ela sabia que passaria, que um dia seus filhos estariam crescidos, seu marido, mais calmo. Ela compreendia que eles estiveram vivendo um turbilhão de emoções, problemas e ajustes com a chegada repentina de Alex e Lívia, e fazia vistas grossas aos momentos dele de irritação e impaciência. Mas não deixava de se queixar, às vezes comigo, às vezes com a mamãe. Embora ela gostasse de desabafar, eu acho que, no fundo, nunca a ajudei. Ao contrário, acho que ela percebia minha agonia de pensar no quão difícil era tudo o que ela vivia. Nunca imaginei ver Maria passando por isso, não era um futuro que alguém pudesse prever, conhecendo sua história de grandes perspectivas.

Mesmo com todo esse caos, eu sabia que era uma questão de tempo para que ela pudesse enxergar o que muitos já enxergavam: a dádiva de ser uma mãe como ela, de ter filhos como os dela, de ter um marido que a amava tanto. Maria tinha, afinal, o que grande parte de nós deseja. Muitos desistem de conquistar esse rico tesouro, e passam a vida perseguindo medalhas e troféus para estampar suas estantes vazias de história.

CRISTIANE PEIXOTO

Acredito que uma coisa ainda era obscura para ela: o quanto eu desejaria estar no seu lugar. O irônico disso é que ela, por sua vez, sempre dizia que eu é que tinha as grandes oportunidades, que eu era a pessoa que tinha chances de "chegar lá", já que ela estava fadada ao resultado de suas escolhas, já que ela sempre teria de priorizar a família que reduzira drasticamente o tempo disponível para conquistar seus mais ambiciosos e secretos planos. Era como um sabiá que gritava, de dentro de sua gaiola, ao irmão bem-te-vi: "Voe, vá para bem longe daqui. Faça alguma coisa grande na vida, valorize sua liberdade! Viva por nós dois!", enquanto o bem-te-vi vinha vislumbrar a beleza do lar, desejando poder abrir a porta e ter a segurança, o aconchego, a comida farta, a sombra e o amor. Cantar seria muito mais feliz com alguém ao lado para ouvir.

Será que é sempre assim? Será que sempre desejamos estar no lugar de outra pessoa, enquanto nossos tesouros nos escapam desvalorizados em um dia a dia massacrante? Será que a imagem borrada que enxergamos no mais longínquo horizonte é sempre a sombra dos feitos dos outros, enquanto nossos próprios feitos são vistos atrás de nós, feito sombra aos olhos dos que ainda não chegaram nesse ponto do caminho?

Eu gostaria de poder contar melhor a história de Maria, mas ainda não iniciei meu treinamento, por assim dizer, de *storytelling*. Tão logo esteja pronta, prometo continuar.

No momento, a única coisa que sei é que, desta vez, não poderei contar com Maria, e precisarei guardar um certo segredo sobre as novidades do meu novo investimento de tempo e estudo, além de conciliar tudo isso com meu compromisso com seu Luigi.

Mas se o Daniel consegue, eu também conseguirei!

9. Quebra-cabeça

 Diante de mim havia o homem que construíra com as próprias mãos um império de aço, mãos que agora pediam às minhas para perpetuar seu legado em humildes páginas. Páginas!
 Quanto mais eu pensava, mais inapropriada a ideia me parecia. Ainda que fosse se tornar um best-seller, ou melhor, ainda que sua jornada fosse terminar nas grandes telas, era impossível que aquele legado coubesse em qualquer que fosse a forma de trazê-lo a público.
 Mas esse foi um pedido ao qual não pude dizer não. Sabe quando uma coisa acontece e você entende que não tem oportunidade de "escolher"? Parecia uma questão de dizer sim ou não, mas há certas coisas que vêm para a gente com uma resposta preconcebida, de algum outro lugar pelo qual temos profundo respeito.
 Ele me contou tudo o que eu precisava saber para uma das tarefas mais difíceis que me foram confiadas, e então fui surpreendida com uma grande história! Um feature jornalístico que tanto gosto de desenvolver, só que maior. Bem maior.
 A cada linha, consigo ver seu olhar de aprovação e aquele sorrisinho que deixavam nítidas as marcas de expressão em suas bochechas, que nenhuma foto conseguira registrar.
 Esse é o deadline mais estreito com que pude conviver, uma sensação desesperadora de que o tempo – tão pouco e escasso – está acabando, o prazo final chegando, mas sem data conhecida para acontecer. Será que temos mais uma semana? Ou será que temos os meses de que precisamos? Tempo...
 Afinal, como é que se mede tudo isso dentro da esfera de um tempo que desconhecemos?

CRISTIANE PEIXOTO

Ele me disse que tudo está pronto em algum lugar, então bastaria esperar? O que isso quer dizer? Sente-se e espere, ou se levante e saia já, correndo para buscar o que está feito, esperando você. "Quem sabe faz a hora, não espera acontecer."
Vamos embora.
Era mais um filho de uma Maria e de um José. Lembrando-me de João Cabral de Melo Neto, "isso ainda diz pouco, se ao menos mais cinco havia, filhos de tantas Marias, mulheres de outros tantos já finados".
Eu decorei esse poema, fizemos um trabalho na escola e foi lá que realmente comecei a me apaixonar por literatura, depois pela arte de comunicar. "Morte e vida Severina" era o título dessa obra. Eu conseguia sentir, ter empatia para narrar o poema como quem se conforma com sua sina, sabendo que há uma ordem para todas as Marias, que podem ser iguais em tudo na vida, mas cada uma tendo de equilibrar a custo o próprio ventre crescido.
Assim era com ele, José Petrini, como chamado na infância, Petrino. Filho brasileiro de imigrantes italianos, teve uma infância como muitos de sua geração, cresceu livre na roça, mas com obrigações desde cedo, sendo ajudado por irmãos mais velhos e ajudando os mais novos com a plantação de alfazema para pequenos produtores, convivendo com os poucos animais que a mãe criava para comer o ovo e a carne.
Seu pai, um homem forte. Arrimo de família, carvoeiro. Aos seis anos de idade, ele começou a ajudar o pai levando baldes de carvão para os clientes em um carrinho de entregas, mas não antes de enfrentar a morte e vencê-la.

— Então? O que achou? – perguntei, ansiosa, ao atento ouvinte. Não via a hora de descobrir se ele gostou das primeiras páginas do livro. Ele levantou as sobrancelhas daquele jeito e me disse...

— Mas quem é João Cabral?

— Há... bem... o autor do poema *"Morte e Vida Severina"*, um clássico!

— Clássico? Mas o que ele tem a ver com minha história?

— Eu quis fazer um paralelo, é uma estratégia que usamos para criar um cenário, um contexto... – pensei melhor antes de continuar, ele não parecia estar acompanhando, mas mantinha-se interessado na conclusão. – Fazemos isso para enriquecer o texto, precisamos de elementos que ajudem a construir a figura do personagem e o enredo... a história! Quero começar dizendo o quão comum e paradoxalmente especial o senhor é! Tinha tudo para ser mais um José, e se tornou

FEITO BORBOLETAS

"o" José, uma pessoa ímpar, que nunca poderia passar despercebida num mundo de milhões de José que cumpriram suas sinas sem questionar.

— Mas por que José? Quero que as pessoas saibam que sou eu!

— Sim, mas nós já falamos sobre isso! Vou precisar criar uma ficção, diante das circunstâncias... O senhor mesmo me disse que seria melhor que a mensagem verdadeira ficasse protegida com uma história sem nomes.

— Quem me conhece vai saber que sou eu?

— Penso que sim... – suspirei.

— Então está ótimo para mim! Mas ainda nem começou! – isso pareceu uma bronca. — Agora que você vai falar do que me aconteceu aos cinco anos?

— Não! Preciso fazer um certo suspense! O senhor vai gostar! A melhor leitura é como um quebra-cabeça gigante. Há tantas peças que, ao encaixá-las uma por uma, a gente avança esperando que uma certa imagem apareça primeiro, mas de repente as coisas param de se encaixar e voltamos a um outro ponto totalmente diferente. Somente quando tudo está completo, compreendemos a paisagem e a perfeição do todo.

Ele não fez comentários a respeito do meu quebra-cabeça gigante, e pareceu deixar para lá a presença de João Cabral. Apenas voltou a me contar detalhes incríveis de sua saga aos cinco anos de idade. Essa era uma peça fundamental, era uma parte quase completa da cabeça do único personagem do quebra-cabeça formado quase totalmente por vegetação e céu de tons similares.

Eram detalhes incríveis de um portador de demência de Alzheimer, ou suposto portador. *"Demência que não está bem definida"*, nas palavras de Lídia. Em quase todos os nossos encontros, eu pensava a mesma coisa: *"Como uma pessoa com Alzheimer pode ter tanta clareza sobre o passado e o presente?"*

Que tivesse uma vívida lembrança do passado longínquo, eu entendo. Durante esse tempo com ele, aprendi junto aos médicos da Nave muitos detalhes sobre a demência e seu quadro clínico. É comum que a demência demore a afetar as memórias mais antigas e uma teoria para isso é que o cérebro teve tempo de construir "pontes" para elas, conectando essas memórias em milhares de sinapses diferentes.

É como se pudéssemos guardar cópias daquelas antigas fotografias em diversas gavetas em um grande guarda-roupa. Mesmo que a gente esqueça de onde guardamos algumas, uma hora vamos abrir uma outra que as contém. Mas aquela capacidade de perceber um presente que se apresentava sombrio e sorrateiro pelas suas costas... ah! Isso não tinha explicação. Eu mesma não me via capaz de perceber, reconhecer e reagir como ele diante de tal "presente".

As opiniões dos médicos da Nave eram inconsistentes. Exames trazidos de fora apresentaram alguns sinais de neurodegeneração, que é uma diminuição do tamanho e número de neurônios, mas os laudos apontavam como "normal para a idade". Não tinha o que eles chamam de biomarcadores, que são achados específicos em exames laboratoriais, que sejam associados àquela demência. Na verdade, não constavam tais exames em seu histórico médico.

O que ele tinha era um péssimo *score* nos testes neuropsicológicos. Era uma longa lista de testes que se aplicavam em consultório por especialistas, e nos quais ele ia verdadeiramente mal.

Mas como aquele homem inteligente, que conseguia associar o brilhante passado com um terrível presente e um iminente catastrófico futuro, poderia ir tão mal em testes tão menos complicados? Em quase todos os nossos encontros, eu pensava a mesma coisa. "Ele finge nos testes. Ele finge ter demência". Será possível?

Eu havia montado a cabeça do personagem, mas ela não me contava a história do homem em seu contexto de vegetação e céu de tons similares. Para tanto, eu precisaria descobrir cada tortuosa particularidade que permitiria o encaixe da perfeição no meio do caos. Eu precisaria ajudar a unidade a formar o todo, peça após peça, uma de cada vez, pacientemente, para enfim me considerar digna de apresentar a fotografia guardada em múltiplas gavetas de mais um José.

10. Subsolo

— Boa tarde, Creusa! Que dia lindo hoje, não! – avancei atrás do balcão dando-lhe um forte abraço, seguido de um ataque à *bonbonnière* de trufas intergalácticas incríveis, meu pagamento pelo serviço feito por livre e espontânea falta de escolha.

— Boa tarde, Paula! Ahhh... vejo que o Norberto gostou da sua redação esta semana, hein! – disse-me Creusa, já tendo se acostumado com o jeito como meu humor variava de acordo com os *feedbacks* do meu editor-chefe.

— Não, nada disso! Hoje estou feliz porque terei um compromisso inédito nesse fim de semana!

— Ora, ora... e posso saber qual seria?

— Não por agora! Preciso voar para minha sessão com seu Luigi e vou acabar contando a ele primeiro! – dando um adeusinho, virei-me em direção à "ciclofaixa" de cadeiras espaciais. Sim, espaciais, não especiais (risos).

O perigo da rotina reside no fato de que a gente acaba se acostumando com ela, e tudo se transforma em "normal", cedo ou tarde. Ainda que estejamos em um ambiente extraordinário, ele passa a ser comum aos nossos olhos. Entrar naquele lugar, apertar aqueles botões pneumáticos e sentir um fluxo de energia conectada passara a ser, estranhamente, normal. Era um outro mundo, um outro planeta, mas ainda assim era meu mundo totalmente normal, todas as quintas-feiras à tarde.

Tudo o que acontecia nesse mundo paralelo ficava pairando sobre a atmosfera própria, como se nada do lado de fora pudesse interferir.

— Onde está seu Luigi? – perguntei à Juliana, fisioterapeuta, que estava saindo de um dos dormitórios daquela ala. Ele não se encontrava em seu dormitório.

— Olá, Paula! Ótimo dia! Hoje é dia de macarronada e você sabe que ele adora ajudar na cozinha.

— Desculpe a falta de educação... ótimo dia! É que fiquei ansiosa por não o ver aqui.

— Ninguém vai roubá-lo, Paula... – disse, rindo. Sempre zombava das vezes em que eu parecia me desesperar quando não o encontrava onde deveria estar. É que ela não sabia de detalhes que podiam complicar muito as coisas para ele. Eu tinha medo mesmo, temia que um dia ele perdesse a liberdade e fosse forçado a voltar para o asilo que era sua "vida normal".

— Verdade. O dia da macarronada. Até mais, Juliana!

Saí da ala V-II e fui em direção ao quarto ápice do octógono, onde era a divisão entre as alas dos velhos e das crianças. Uma coisa que eu adorava aqui, as pessoas podiam ser chamadas de velhas! Era, na verdade, um *status* ser velho. Era sinônimo de posição privilegiada numa hierarquia social na qual a sabedoria e a experiência eram determinantes de valor e poder. Nesse ângulo, a ciclofaixa dava a opção de seguir adiante no círculo ou fazer uma curva noventa graus para o centro, que descia em uma larga rampa que levava ao subsolo.

Desde que seu Luigi me convidou pela primeira vez para ser ajudante dos cozinheiros no dia da macarronada, quase não perdi nenhum episódio. Era como me sentia, acompanhando uma série de amor, de comédia, de ação e aventura, ao vivenciar as coisas que aconteciam no subsolo. Era como me fora dito uma vez, havia coisas muito valiosas no subsolo!

Quando se fala em subsolo, logo vem aquela imagem de lugar baixo, escuro, bagunçado, com cheiro de coisas emboloradas. A sensação é claustrofóbica. O subsolo, no entanto, era uma vasta dimensão do que acontecia na parte de cima, com todas as alas integradas em uma só. Havia divisões entre alguns ambientes, todas feitas de vidro. Foi no subsolo que descobri que o piso do núcleo do andar térreo era feito de um vidro especial, que não permitia a visão de cima para baixo, mas permitia que a luz natural adentrasse para clarear todo o ambiente abaixo.

As bancadas e máquinas eram todas de inox e espelhos, que refletiam a luz e davam a impressão de amplitude. O pé-direito era alto, e no teto aos arredores do octógono formava-se como um anel de tubulação que eliminava o vapor resultante de tudo o que se produzia ali. A exaustão do ambiente levava o ar para ser filtrado por um sistema simples, e através de um mecanismo de bombas era eliminado no ambiente e novamente captado para renovar a ventilação desse mesmo ambiente.

O sol entrava pelo teto, pela larga rampa e pelos lagos! Até os lagos das carpas que circundavam o exterior do octógono tinham pisos especiais translúcidos. A luz penetrava o tal subsolo de forma espectral, dançando magicamente conforme os movimentos dos peixes e do vento.

Três outras rampas largas davam saída para o jardim, sem que dessem acesso ao interior da Nave. Eram fechadas, como as varandas ao final dos corredores de cada ala, e se abriam para receber alimentos que vinham do pomar, da horta e do galinheiro, além de mercadorias de fornecedores parceiros.

O lixo produzido era descartado por essas rampas, e já saíam dali em embalagens próprias conforme seu destino: os totalmente orgânicos eram cuidados por alguns dos moradores para formar adubo para a nossa terra, os recicláveis eram categorizados e doados para organizações parceiras, os não recicláveis eram divididos em infectados e não infectados. Os infectados eram encaminhados ao incinerador. Apenas os não infectados eram liberados para a coleta municipal, portanto, a quantidade de lixo que ia para tal coleta era incrivelmente pequena.

"O problema, querida, é que as pessoas consideram lixo algo que deve descartar de qualquer forma, como se não fosse mais problema seu. Como se ele fosse desaparecer da porta para fora, e não pensam no poder reverso que ele tem, nem no retorno que ele trará a todos nós, sem que ninguém escape."

"As pessoas organizam suas coisas, limpam suas casas, têm um tipo de recipiente para cada coisa que possuem, mas misturam todo o lixo de forma que ele não possa ser aproveitado, e acaba se tornando um severo inimigo. O direcionamento do lixo deve ser planejado antes que ele seja acumulado de qualquer forma. As pessoas só param para pensar no descarte do lixo depois de produzi-lo. Como tudo seria melhor se cada um organizasse seu lixo e desse a ele o destino merecido!" Lembrava-me das palavras de Lídia, na primeira vez que me acompanhou no subsolo.

Eles consideravam tudo o que era produzido lá uma grande riqueza: o alimento que proporcionaria saciedade, cura, equilíbrio e prazer; os preparos botânicos que exerciam um papel coadjuvante nos tratamentos; as bebidas especiais que hidratavam, refrescavam ou aqueciam e ainda possuíam benefícios para todo o organismo; até mesmo o lixo que gerava renda para alguns e fortalecia nosso solo como retribuição da gentileza pelo seu correto encaminhamento. *"Quais são as suas riquezas, querida? Tempos difíceis são muito úteis para nos ajudar a descobrir. O sofrimento faz as coisas importantes saltarem aos olhos como um grande manancial frente a um homem sedento."*

No subsolo, ninguém parecia ter dúvidas sobre as coisas importantes. Os trabalhadores eram os próprios moradores, adolescentes, crianças, idosos, todos tinham uma função, todos podiam ajudar, todos demonstravam uma imensa alegria em desempenhar suas funções. Muito diferente dos ambientes que eu conhecia, em que se fazia comida. Havia um senso comum de que era uma coisa maçante e enfadonha ter de cozinhar todos os dias, era a escravidão e a queixa de incontáveis donas de casa!

Neste lugar, as pessoas aproveitavam o processo, a mágica de transformar tudo através da alquimia de aromas e cores, criando pratos inovadores e incrivelmente simples. A logística era perfeita: as pessoas recebiam a "remessa do dia", com os alimentos disponíveis de cada categoria. Um roteiro elaborado por nutricionistas estabelecia quais categorias deveriam ser combinadas em cada refeição. Uma vez separados, os alimentos passavam pela ala da higienização, seguindo para a ala do preparo inicial, no qual instrumentos artesanais que funcionavam por alavancas produziam o corte desejado: triturado, em cubos, palitos, fios, lascas, rodelas grandes ou pequenas.

As pessoas trabalhavam em três equipes: suporte, higienização e produção, organizadas como em uma grande orquestra. Cada uma tocava seu instrumento, e tinha uma sequência quase matemática para que tudo estivesse sincronizado. As pessoas com menos habilidade para a alquimia da culinária preparavam as estações, tanto para iniciar quanto para encerrar os processos.

Ângela era a "maestrina". Ela coordenava todos na orquestra. A equipe de suporte limpava os espaços e disponibilizava os utensílios, começando pela primeira ala. Enquanto isso, a equipe de produção separava os alimentos segundo o roteiro do dia, e entregava-os à equipe de higienização, e então ia organizar os temperos. Quando a higienização dos alimentos estava finalizada, a equipe de produção iniciava os preparos iniciais e a produção dos alimentos, enquanto a equipe de suporte finalizava a organização dos utensílios e espaços já desocupados. Quando os pratos estavam prontos para servir, a sensação é que a gente perdeu boa parte do processo que ainda era, frequentemente, temperado com música clássica.

FEITO BORBOLETAS

A parte de servir era minha favorita. As bandejas individuais eram encaixadas em carrinhos para as alas, e eram levados ao seu destino pela rampa central. Era o momento em que nenhum "carro espacial" podia transitar pela "ciclofaixa", e o lugar ficava com aquele aroma embriagador.

Todas as refeições eram anunciadas pelo "andar da carruagem", que possuía guizos nas rodas, produzindo um delicioso som de sininhos natalinos. As refeições eram, afinal de contas, um mágico presente.

A macarronada era uma combinação das receitas familiares mais deliciosas das primeiras moradoras da Nave. Ponha uma pitada de açúcar; uma pitada de bicarbonato de sódio; uma folha de louro; um ramo de tomilho; um pedacinho de cenoura; tire as sementes e a pele; não precisa tirar as sementes e a pele; cozinhe em fogo baixo; cozinhe na pressão; tempere antes; tempere depois... Essas e muitas outras dicas foram testadas e aprovadas, até que a receita da Nave fosse consumada!

O molho era produzido com tomates do pomar, manjericão e cheiro-verde frescos. Passava por uma série de etapas e cozimento em panela especial. O *fettuccine* era produzido artesanalmente com farinha mista e os ovos do galinheiro, e recebia uma combinação de temperos secos em sua massa.

A carne e o frango eram consumidos com moderação, e nem todos os moradores da casa apreciavam, portanto, a proteína diária provinha de grãos, soja isolada, suplementos e ovos. Para a macarronada, eram preparadas deliciosas almôndegas de grão de bico e aveia. Antes do prato de macarronada, todos ingeriam uma cumbuca individual de folhas frescas temperadas com limão, ervas finas e azeite virgem.

"Fibras sempre e primeiro", essa era a regra!

A parte que seu Luigi gostava no dia da macarronada era a preparação do *fettuccine*, ele era muito bom em sovar a massa e mover a alavanca da máquina de macarrão, devido à sua incrível força! Para estar ao seu lado, eu ajudava a sovar. Colocava a vestimenta obrigatória de todos os que permaneciam ali, seguia o ritual de higienização das mãos e vestia as luvinhas que permitiam o tato. Eles diziam que não se pode cozinhar sem tato!

Eu amava almoçar na Nave! Era minha melhor refeição da semana. Passei a entender a comida e a alimentação de forma totalmente diferente quando descobri que o subsolo daquele lugar era, na verdade, a base de toda a saúde dos seus residentes e colaboradores. Tal como o intestino pode não receber o devido valor, as cozinhas nem sempre são vistas como os ambientes sagrados nos quais se realizam uma sequência de eventos capazes de produzir mudanças drásticas e imprevisíveis no futuro.

    O caos que assusta, intimida e até aborrece tantas pessoas é, na verdade, um importante ingrediente para uma vida melhor.

11. Storytelling

— Seu Luigi, neste sábado vou fazer um curso diferente! Sobre há... "narrativa".

— O que é isso?

— Bem, não é exatamente essa palavra, mesmo no Brasil usamos mais a palavra *storytelling*, que é a arte de contar histórias.

— Oh!!! Você vai fazer o curso para escrever minha história?

— Não somente para isso, claro que vai ajudar também, mas na verdade é um colega meu de faculdade, ele ganhou um Pulitzer em Fotografia, agora está criando algum sistema de treinamento para ampliar a utilização das técnicas de *storytelling* no meio jornalístico. – continuei, enquanto começava a ajudá-lo a higienizar a bancada que acabara de ser usada para limpar os tomates e os temperos.

Fui narrando a breve história do prêmio, do alarde entre o meio jornalístico, do conteúdo resumido da entrevista que fizera, omitindo a parte mais interessante de todas não para criar um efeito de suspense ou para deixar as melhores peças do quebra-cabeça para um melhor momento. Foi apenas para deixar Maria bem quietinha, na certeza de que seu Luigi poderia escolher ficar do lado dela ao invés do lado de uma profissional exemplar que corria atrás de se desenvolver em sua área.

Talvez até por falta dessa interessante parte, ou por excesso de zelo com a assepsia da bancada de inox mais perfeita que uma cozinha poderia desejar, seu Luigi não demonstrou nenhum entusiasmo com meu maravilhoso e empolgante compromisso. Até parecia chato visto pelos seus olhos. *"Curso no fim de semana? Boa sorte!"*, foi o que se limitou a dizer.

— Mas seu Luigi! O senhor não imagina... é uma coisa... – interrompi a fala por compreender que tudo o que a coisa representava precisava dos ingredientes do passado para fazer sentido, e tais ingredientes não estavam disponíveis no roteiro do dia.

Na verdade, percebi que estava ali buscando uma testemunha para compartilhar a peculiaridade do momento, e a melhor pessoa para representar esse papel era Maria, mas por motivos indefinidos, ela não estaria disponível. Mesmo que por orgulho, não me arriscaria a pedir sua ajuda.

— Deixe para lá! E o senhor? Como está? – mudei de assunto quando uma ideia me ocorreu, que pareceu ser a melhor opção entre todas.

Finalizei mais uma etapa da entrevista com seu Luigi, feliz com os resultados. Fiquei completamente desperta e atenta às suas falas, porque a expectativa de procurar por minha nova "testemunha" era embriagadora. Não via a hora de encerrar as obrigações do dia para fazer o que me custou tempo e rodeios para perceber que queria.

"Olá, Daniel! Tudo bem? Será preciso levar algum material para o curso?"

A mensagem simples enviada no Messenger tinha segundas intenções, mas eu precisaria esperar que o "*pic-pic*" de pontinhos "pipocantes" anunciasse a escrita da resposta, antes que, finalmente, fosse revelada.

"Oi, Paula! Tudo bem, sim. E você?

Não será necessário, já estou com tudo prontinho. Acabei de finalizar os *slides* da apresentação, mas precisei consultar uma série de livros de assuntos relacionados ao tema, que não são da nossa área. Olha só..."

Enviou uma foto de uma minibiblioteca bem-organizada e repleta de livros, com uma divisória que apontava exemplares enormes de construção de linguagem, análise do discurso, neurolinguística, comunicação e *marketing*.

O que me impressionou foi a facilidade com que ele entregou recursos para que eu pudesse cavar a informação, tanto ao me apresentar um generoso trecho do que poderia ser uma de suas partes favoritas na casa (ou apartamento), quanto ao conceder quantidade mais que suficiente de ganchos em seu discurso, permitindo que eu apanhasse carona em qualquer um deles, sem precisar ter lido aquela minisseção de comunicação especializada.

Mantive nossa conversa virtual escrevendo sobre a organização daquele espaço e sobre a quantidade respeitável de livros em sua minibiblioteca. Mas antes que ele pudesse pensar no quanto era inusitado manter uma conversa informal com uma coleguinha (que é como chamamos outros jornalistas), lancei minha melhor combinação de palavras.

"Eu quero te pedir perdão por qualquer coisa que precise ser perdoada."

Houve uma pausa, apenas a informação da mensagem visualizada. Gostaria que ele entendesse apenas isso. Para que novos caminhos pudessem florescer sobre o sepulcro de um passado confuso, era importante que ele soubesse o quanto eu ressignifiquei o que fora vivido, e enxerguei minha parcela de responsabilidade. Havia muitas coisas pelas quais eu precisaria pedir perdão, sob minha nova perspectiva. Mas como eu não sabia como a história era revisitada por ele, ou mesmo se era revisitada, deixei genérico o objeto do pedido de perdão.

Minha expectativa era receber um simples "não se preocupe, está tudo bem", ou ainda "vamos abandonar o passado", mas os pontinhos do Messenger começaram a pipocar, só que desta vez não pararam. Pipocavam, pipocavam... anunciando uma resposta muito mais longa do que a etiqueta da cordialidade entre coleguinhas poderia exigir. Uma súbita taquicardia começou a agitar minha respiração. "Essa não..."

A primeira mensagem foi lançada.

"Sempre quis falar com você sobre isso. Nunca consegui, não sabia como dizer. Você não facilitou as coisas, tive medo de conversar. Naquela noite... você se lembra? Quando a gente estava indo para a balada e bateram no meu carro, então resolvemos ir para outro lugar..."

A mensagem continuou com relatos sobre a noite da qual eu mais me lembrava em todo o tempo de faculdade, com o estranho detalhe de que eu não me lembrava de absolutamente NADA sobre a balada, a batida do carro, "bateram no carro dele?", nem das coisas que aconteceram depois, a tomada de decisão de ir a outro lugar, nada.

Minha lembrança me levava diretamente para aquele momento... e até mesmo ele, que demonstrou uma preservação invejável dos fatos sequenciados que nos levou ao restante do *iceberg*, deixou o melhor para as mensagens seguintes.

"Por favor, não..."
"Não faça isso..."
"Por favor, não..."

CRISTIANE PEIXOTO

Em mensagens consecutivas e sem interrupção, ele narrava sobre as coisas daquele dia dando detalhes sem importância, que só serviram para que eu me perguntasse cada vez mais onde eu estive, já que não lembrava de nada daquilo.

"Aonde ele quer chegar?"

Eu pensava sem conseguir espaço para digitar, não pude interromper a torrente de pontinhos desenfreados e apressados, apenas segurava o celular com os olhos semiabertos, como se não olhar fizesse com que aquilo deixasse de acontecer. Mas ainda escutava os pontinhos... Não era possível que estivesse acontecendo! Ele estava falando sobre o pior dos momentos, para nós dois. Tal como um bombardeio, a última bomba veio rápido.

"De repente, percebi que minha cabeça estava em outro lugar, que eu seria um canalha se continuasse. Eu estava ali com você, pensando em outra pessoa, não seria justo. Já seria tudo muito difícil para você sem que acontecesse, e se continuássemos seria ainda pior."

A esta altura, eu já estava praticamente embaixo da mesa. Pelo jeito, ele tinha feito mesmo sua lição de casa, e talvez pensasse que eu fosse uma foca, uma novata na arte da comunicação.

Doeu mais. Na verdade, voltou a doer.

Uma velha cicatriz acabara de ser aberta, mas tão logo brotaram as primeiras gotas de sangue, apressei-me em estancá-la.

Meu contra-ataque veio muito depressa.

"Sabe, estou escrevendo um livro, e nele falo sobre 'versões'. Precisei pesquisar muito sobre isso, sabe como é. Se essa é a sua versão para o que aconteceu naquela noite, fique à vontade. Eu faria o mesmo se estivesse em seu lugar. Mas eu tenho minha própria versão, gosto bastante dela e faz mais sentido do que a sua. Portanto, desculpe-me, mas não vou comprar sua versão. Fique com a sua que eu ficarei com a minha."

Pontinhos pipocavam, um contador de histórias estava montando sua retórica. Mas eu estava, de certa forma, rindo dele. A parte mais importante para sustentar minha teoria e versão tinha sido perfeitamente preservada por um cérebro sadio, que parece ter rejeitado um monte de lixo inútil. Ele se esqueceu de apenas um detalhe para costurar seu belo texto: eu estava presente. Sou testemunha do furo que nunca fora publicado.

"E qual seria sua versão?" – *perguntou.*

FEITO BORBOLETAS

"Não preciso dizer, não serviria para você. Não te ajudaria a dormir melhor."
Ele insistiu, mas acabou desistindo quando finalizei a conversa reiterando meu pedido de desculpas. Então, estava tudo resolvido, tudo esclarecido, poderíamos seguir nossos novos caminhos cruzados carregando as versões favoritas.

Lembrava-me das palavras de Maria, "passado é onde ele deveria estar". E agora? Como poderia contar isso a ela?

A sensação no corpo era sufocante! Eu sentia tremores, uma respiração forçada, o coração batendo forte pela adrenalina. Por pior que pudesse parecer, precisava conversar com Maria. Somente ela poderia me ajudar!

— Meu Deus, Paula! Por que você se sentiu assim? – foi sua primeira fala, assim que teve oportunidade. Tive um alívio imediato por não ouvir *"eu te avisei"*, coisa das mães.

— Não sei, Maria! Eu jamais esperei por isso! Nunca imaginei que ele tivesse sequer coragem de mencionar esse dia! Mas não faz sentido o que ele me disse! Deve ter coisas muito mal resolvidas para ele, do contrário, por que ele inventaria essa história de pensar em outra pessoa?

— Por que você acha que é invenção? Quero dizer, talvez ele já estivesse mesmo comprometido com a Bianca. – lembrou-me Maria, que já tinha ouvido aquela história algumas vezes...

— Ele já estava pensando na possibilidade, mas comprometido, não. Naquele dia, ainda estávamos oficialmente juntos. Eu sei o que aconteceu, Maria! Eu estava lá! Fui responsável!

Eu me lembrava com perfeição das palavras que ele usou e da forma como falou, logo que aconteceu. *"Como você espera que eu me sinta? Como espera que eu fique aqui com você hoje, se ontem você disse que amanhã pode não estar mais comigo?"*

O rosto dele expressava pesar, desconforto. Talvez mais do que isso, sofrimento. Eu tinha mesmo dito aquilo, um dia antes. Tinha dito que ele não se apegasse, que eu estava com ele naquele momento, mas que no dia seguinte tudo poderia mudar. Lembro-me de ter repetido isso algumas vezes no curto espaço de tempo em que estivemos juntos.

Era um peso imaginar que essa atitude tivesse causado todo aquele tornado. Tinha sido a primeira vez que asinhas de borboleta bateram ao meu redor, causando um desastre em proporções impensáveis. Com o passar do tempo, passei a avaliar melhor o cenário. As palavras dele naquele momento e, mais do que elas, a expressão que revelou a mensagem não falada denunciaram o verdadeiro motivo pelo qual tudo tinha acontecido daquela forma. Era bem possível que tivesse tido consequências para a vida dele e incontáveis outras vidas.

A insegurança daquela borboletinha, que sabia de sua fragilidade estrutural, produziu o fenômeno que gerou uma devastação sutil, que foi crescendo com o passar dos anos, até que chegou à conclusão de que não tinha sido vítima, mas responsável, e precisava se perdoar e pedir perdão.

O perdoar-se estava resolvido. O perdão fora pedido. Não havia mais nada a dizer, nem a fazer. A versão de cada um precisava ser respeitada e mantida para que as vozes do caos de outrora não ecoassem, no presente, um conjunto de infinitas possibilidades estupidamente ignoradas.

12. Primeira edição

Eu escolhi a roupa, cuidadosamente. Gostaria de aproveitar a santa genética que ainda me favorecia, tantos anos depois. Podia ouvir a voz de Maria me criticando por pensar assim, já que tudo estava resolvido, mas não era qualquer sábado. Era o sábado da primeira edição do treinamento em *storytelling*, ou conferência, ou curso, ou palestra... não sabia dizer.

Entrei na sala com a antecedência de costume, havia muitos coleguinhas já aguardando o início, enquanto Daniel organizava a projeção de seus *slides*. Aproximei-me, como seria natural.

— Bom dia, tudo bem? – cumprimentei, dando-lhe um beijo no rosto.

— Bom dia! Tudo bem, e você? – retribuiu o cumprimento com um sorriso leve.

— Tudo ótimo. Bom curso. – virei enquanto ouvia a resposta "obrigado" ecoar, ignorada. Gostaria de manter nossos novos caminhos cruzados suaves e com uma boa distância entre nós, desta vez. Também não queria que ele desconfiasse do tamanho do espaço que ocupou nos meus pensamentos desde suas mensagens atômicas.

Ele iniciou sua oratória falando sobre a fotografia premiada, o que produziu um silêncio sepulcral na plateia. Não havia tantos jornalistas quanto eu presumia, talvez por falta de divulgação (o que seria uma ironia), talvez pelo desdém habitual entre coleguinhas concorrentes. Mas os presentes estavam verdadeiramente interessados em ouvi-lo.

Para um contador de histórias disposto a ensinar sua arte, a narrativa sobre o prêmio foi superficial, e a história por trás da foto deixou o enredo todo a desejar. A imagem de um *expert* em construir quebra-cabeças, desmontando a informação em pequenas partes de forma estratégica, mesclava-se com a imagem do homem à frente do jovem rapaz, que eu não conseguia enxergar.

CRISTIANE PEIXOTO

Quando a redundância do discurso permitia, fugia meu olhar para aquele rosto que há duas décadas fora tão próximo e, com pesar, percebia minha incredulidade na versão que ele decidiu me apresentar, menos de quarenta e oito horas atrás.

Ele quis tocar no assunto, parecia ter esperado com urgência uma oportunidade para me dizer, vinte anos depois... impossível. A arte de contar histórias não passava longe da arte de atribuir sentido. Veracidade é necessária até mesmo em uma obra de fantasia ou pura ficção.

Infelizmente, lembrei-me de uma frase de Mark Twain: *"A diferença entre a verdade e a ficção é que a ficção faz mais sentido"*. A ficção precisa da veracidade dos fatos, precisa se restringir ao conjunto de possibilidades, a verdade não.

Dando razão a Mark Twain, o especialista em *storytelling* à minha frente precisava construir um quebra-cabeça definido, mesmo que demorasse dezenas de sábados enclausurados. O homem que soube daquela história pelo ponto de vista do rapaz, não. Pequenas peças de um quadro que nunca formaria imagem alguma poderiam ser atiradas no colo de qualquer pessoa. Seria uma pena, uma lamentável coincidência numa sequência de eventos aleatórios, que tais fragmentos fossem lançados, justamente, em um colo que se importasse.

"Com tantas informações disponíveis, precisamos fazer algo diferente para atrair a atenção das pessoas. Mais do que isso, precisamos das estratégias certas para, de fato, produzir um resultado desejado. Devemos parar de nos comportar como reprodutores de informação, para assumir nossos papéis de formadores de opinião", Daniel seguia seu discurso.

Um intervalo foi dado antes que eu tivesse percebido o tempo passar. As coisas que ele dissera até ali faziam um estranho sentido, como um consentimento repleto de desconfiança. Era como eu me sentia em relação à neurolinguística. Uma arte envolvente, perspicaz, inteligente... repleta de argumentos para esclarecer ao mundo sobre sua nobre aplicabilidade: manipular as pessoas. Tony Robbins, um dos famosos gurus internacionais da neurolinguística, deixou bem claro em um de seus livros *best-seller, Poder sem limites*: a Programação Neurolinguística é uma ferramenta, que nos *"ensina como dirigir não só nossos próprios estados e comportamentos, mas também os estados e comportamentos dos outros"*. Mais adiante, ele exemplifica: *"Você pode ensinar a um cachorro padrões que melhorarão seu comportamento. Pode fazer a mesma coisa com pessoas"*.

FEITO BORBOLETAS

O argumento que eu mais gostava a favor da Programação Neurolinguística (PNL) era o fato de que era (só) uma ferramenta, como uma faca, que poderia ser usada para partir um bolo ou para matar uma pessoa, dependendo de quem a utilizava. Era quase impossível contra-argumentar isso. Mas como uma pessoa cujo comportamento fora "melhorado", tal como o de um cachorro, por um *expert supermaster* em PNL, eu considerava muito difícil separar o conceito de manipulação da essência da técnica.

Os relatos de curas milagrosas de fobias, bloqueios e desordens de naturezas variadas, com a rapidez de um estalar de dedos em detrimento de anos de terapia, empoderavam os gurus da comunicação mais do que deuses e, claro, os enriqueciam. As próprias histórias de como a reprogramação de suas próprias mentes transformou a pobreza em riqueza sem limites eram prova social mais do que suficiente para atrair legiões, com base na modelação, uma técnica na qual se elege alguém cuja vida e talentos se deseja, e copia-se tudo o que a pessoa fez para chegar a esse resultado.

Bom, penso que poderíamos colocar um fim à teoria do caos, já que ações corretamente modeladas no presente garantirão aquele específico e previsível futuro.

O que eu tirava de aprendizado de tudo isso era a única coisa que assumia como profunda verdade: a natureza humana é totalmente sugestionável àquilo que acredita. É bem provável que aquilo que uma pessoa acredita possa criar sua realidade.

— Já passou mais da metade do tempo e ele ainda não disse nada demais. Acho que vou embora. – disse-me Carlos, um antigo colega de redação.

— Acho que vai deixar o melhor para costurar a história no final, talvez depois de algumas edições... – procurei encorajá-lo, mas não deu certo. Antes do retorno do intervalo, sua cadeira já estava vazia.

O curso finalizou com uma série de ideias expostas como uma grande boneca russa: os assuntos se multiplicavam e se ramificavam em vez de se concluírem. Esse formato, estratégico ou acidental, levou muitos participantes a um certo grau de ansiedade comum no jornalismo, quando não conseguimos cavar a informação da fonte. Como resultado, muitos decidiram seguir com a segunda edição, que tinha inscrições promocionais disponíveis, com exclusividade, aos presentes.

Uma fila se formou para fotos, como não poderia ser diferente, mas a última coisa de que eu precisava era me entregar a esse clichê. Apenas não sendo capaz de dar as costas e ir embora, aguardei o momento em que ele me olhasse para um aceno de mão à distância, o que não demorou. Ele fez sinal com a cabeça e me pediu para tirar uma foto, puxando-me para seu lado, apesar do descontentamento introspectivo dos que se mantiveram aguardando sua vez. Passamos os braços pela cintura, sorri – sem jeito.

13. Feito de aço

Na quinta-feira seguinte, cheguei à Nave carregando a confusão dos últimos dias na maleta de anotações. Havia dedicado mais tempo do que gostaria aos estudos de Comunicação e Programação Neurolinguística, tema que Daniel não abordou diretamente, mas que embasava toda sua oratória e estratégia, e não pude deixar de pensar em mim mesma como estrategista, empregando técnicas para contar uma história com tantas restrições.

Seu Luigi era o dono da história, tudo o que ele queria que eu fizesse era eternizar os grandes feitos de sua vida, incluindo seus grandes erros. O problema era que seus erros ajudaram a construir um lado B deplorável em um disco de vinil, cujo lado A teria condições de ser recordista de vendas.

A melhor coisa que eu via nele era que, embora o lado B fosse até vergonhoso, nele estava contido seu verdadeiro legado. Os maiores erros de um homem, quando reconhecidos, podem construir alicerces sólidos para que outros não cometam os mesmos erros.

— Isso é utopia, menina! O que eu fiz de errado, fiz de errado. Mas os erros não servem de escola. Apenas é possível aprender com os erros e evitá-los quando se tem consciência de que sempre vão ferir alguém. Não tenho vergonha dos meus erros, mas eles me causam muito sofrimento, vou pagar por eles até o fim. – ele sempre tinha uma palavra surpreendente, que me fazia repensar a direção do que estava escrevendo.

— Não sei se posso fazer isso, seu Luigi! Cada vez que penso em como vou dizer, sem dizer... o senhor sabe! Nunca escrevi nada que pudesse causar mal a ninguém! Não posso escrever as coisas como o senhor me conta!

— Você é uma jornalista?

— Sim, senhor.

— Tem um compromisso com a verdade?

— Sim... – assenti, ficando sem argumentos.

— Só te peço para narrar a verdade. Nada mais.

— Preciso que me ajude a enxergar as coisas como o senhor! O senhor tem piedade, amor e compaixão. No momento, sinto muita raiva deles! Sinto raiva pelo que fizeram com o senhor! Gostaria que eles pagassem caro pelo que...

— Eles pagam caro, minha filha! – apressou-se em me interromper. – Pagam muito caro mesmo, com o dinheiro da minha firma!

Respirei fundo, peguei minhas anotações, repassei com ele o "enredo" construído.

Um garoto daquela época não tinha muito mais o que fazer a não ser aprender com os mais velhos, cuidar dos mais novos e admirar os pais. Seu José, o pai, era um trabalhador! Essa era a maior honra de um homem: trabalhar com afinco para prover o sustento do lar. Filhos cuidados, amparados, vestidos e alimentados com o auxílio do carvão que era parte da féria do dia.

Aos onze anos de idade, porém, o destino de mais um José pegou de surpresa as calças curtas e os pés descalços. A morte repentina de seu pai mudara a realidade, o herói carvoeiro se fora. O menino não teve tempo de chorar, pois o dia seguinte raiava com o horizonte tão negro quanto o carvão que precisava ser entregue em troca de sustento.

As coisas, no entanto, não eram tão fáceis para crianças. Sem a possibilidade de produzir como o pai, o projeto de homem começava a mocidade trabalhando na carvoaria, em troca de uma lata de carvão para sua mãe cozinhar o jantar.

As dificuldades foram aumentando, como sabemos. O problema dos dias difíceis é a tendência de seguir uma linha ascendente, com o passar do tempo. A perda do pai representava um buraco na alma, uma dor lancinante de saudade. Sua ausência era acompanhada por dificuldades financeiras, que colocaram os animais criados com tanto zelo no mercado, incluindo o cavalo de seu pai.

Quantas vezes o som das patas do cavalo anunciava, ao longe, a chegada esperada do pai! O pai herói, o pai forte, destemido! A segurança tinha as feições daquele homem! O cavalo era testemunha disso, conhecia seu senhor!

FEITO BORBOLETAS

Tinha se tornado um símbolo, um ser vivente que havia testemunhado o "braço forte" de um trabalhador, de um pai, de um chefe de família que não recuava frente aos obstáculos.

O cavalo se fora.

As patas já não vinham trazer a urgência de um homem faminto, o sorriso de um pai saudoso, que findara seu dia de obrigações. As patas levavam, com baques tristes e lentos, o parceiro de uma jornada – "pra lá".

Ao ver o parceiro de seu pai partindo, Petrino entrou no banheiro, que ficava do lado de fora da casa, e chorou. Pela primeira vez, depois da morte do pai, talvez pela última vez, e sem ninguém por testemunha, chorou como se pudesse fazer seu herói voltar.

Saiu do banheiro logo que refeito. Precisava seguir valente, apesar de qualquer querer que tivesse, por necessidade, seria o dono de uma boiada cujo vaqueiro morreu.

"O tempo rodou num instante", trabalhou tanto, dedicou-se tanto, que era como se tivessem chegado as próximas festas de Natal, já era um homem rico, poderoso. O único dono de uma grande empresa de cabos de aço.

Apesar da baixa estatura, ele havia passado tanto tempo em trabalhos pesados, praticando esportes e lutas, que tinha se tornado extremamente forte. Era forte, rico e poderoso, mas ainda trazia, com orgulho, o jeito de menino brincalhão, e o costume de ser chamado de Petrino.

— Está tudo certinho até aqui?

— Puxa... estou adorando!

— Conte-me de novo... o senhor largou a carvoaria para trabalhar onde?

— Fiquei dois meses na carvoaria, depois me aceitaram numa tipografia. Tinha completado doze anos. Precisava ganhar mais. Foi lá que aprendi a datilografar. Era tão dedicado, aprendia rápido, que logo me tornei o digitador mais produtivo! Trabalhei dois meses e, depois que me aperfeiçoei, fui procurar novo emprego. Passei três meses em uma fábrica de grampos.

— Grampos?

— Queria aprender de tudo, conhecer todos os negócios possíveis. Era apenas um ajudante, mas passava por todos os setores da fábrica para aprender, aprender...

— Aprendeu tudo em três meses?

— Sim, e sabia que precisava melhorar meu ordenado. Consegui que me pagassem melhor em uma metalúrgica. Nos quatro meses seguintes, passei por duas empresas metalúrgicas. Comecei a fumar... sabe, era um hábito tão comum entre os adultos, e entre meninos que precisavam ganhar o respeito de adultos, pois tinham compromissos de adultos.

— E como o senhor deixou de fumar?

— Do mesmo jeito que comecei... decidindo. Um belo dia, estava em meu escritório. Tinha adquirido o hábito de fumar e beber sempre um pouco antes de começar o trabalho. De repente, eu me vi ali... com o cigarro no canto da boca, com o copo de conhaque na mão, e me senti tão ridículo, dependente daqueles vícios. Decidi parar, nunca mais fumei nem bebi de novo.

— Isso é muito raro! O senhor conseguiu algo que muitos tentaram de várias formas, sem sucesso.

— A mente é o segredo de tudo, menina. Todo fracasso e todo o sucesso nasce e cresce na mente.

— Mas, então... o senhor ficou quatro meses nas metalúrgicas... – desejando estabelecer uma sequência cronológica em minhas anotações confusas.

— Sim. Um mês na primeira, três na segunda. Pagavam melhor!

— Como assim? O senhor ficava procurando outros empregos enquanto empregado, para ver se pagavam mais?

— Mas é claro! Eu aceitava um ordenado menor por saber que devia aprender, mas depois de trabalhar duro em troca de aprendizado já era um funcionário que valia mais, e oferecia meus serviços em lugares maiores!

— E depois desses quatro meses?

— Fiquei quatro meses em uma fábrica de calçados, aprendendo tudo o possível sobre aquele ramo.

— Já tinha completado treze anos, então? E já estava no sexto emprego...

— Sim! E sempre aprendendo mais e buscando ordenados maiores, deixando todo o dinheiro para ajudar minha mãe e meus irmãos.

— O senhor não teve juventude, não se divertiu?

— Mas é claro! Tinha meus momentos com os amigos no futebol! Também fazia o que hoje chamam de musculação, mas naquela época usava bobinas e ferros para fortalecer os músculos! Eu fui ficando muito forte! Ninguém arranjava problema comigo! Não levava desaforo para casa...

FEITO BORBOLETAS

— E depois da fábrica de calçados?

— Saí de lá para um escritório, mas no terceiro dia, um encarregado me encheu o saco, estava intimidado com minha competência, levou um soco na cara, e logo pedi as contas. Não ia esperar patrão nenhum me dispensar. Depois fui para uma indústria de brinquedos! Aprendi um montão de coisas novas, um ramo totalmente diferente!

— Mas o senhor não pensava que deveria se aprofundar mais em alguma coisa? Se especializar em um ramo? – perguntei, com a mente cheia de conceitos especializados.

— Com treze anos? Eu queria conhecer dos negócios, dos comércios, queria ver qual seria o mais rentável para investir minha força de trabalho!

— E quantas semanas ficou na fábrica de brinquedos?

— Semanas? Não! Lá eu fiquei quatro anos! Era mesmo um negócio grande, tinha muita coisa a aprender, e trabalhava a todo vapor. Meu irmão que me indicou como auxiliar no escritório. Mas tive um desentendimento com um funcionário, e meu irmão estava intimidado com o espaço que o chefe vinha me dando, pediu ao meu superior para me mandar embora. Quando fui me despedir do chefe, ele não autorizou minha saída. Contei a ele o problema, então me transferiu para a fábrica! Foi ótimo, além de aprender coisas novas, pude melhorar os processos e ganhei um bom aumento!

— Mas o senhor levou uma rasteira do seu irmão!

— Ah, mas ele... coitado! Não tinha a força que eu tinha. Ele acabou me ajudando, porque além de não sair, tive uma significativa melhora no ordenado, e acabei ficando em posição melhor que a dele na empresa. É sempre assim, menina. É preciso ter sabedoria para usar a força dos seus adversários a seu favor.

— E o senhor não continuou os estudos?

— Sim! Com toda a vivência que tive como auxiliar de escritório, percebi que a maior oportunidade estava na parte de contabilidade. Ninguém sabia fazer, e os contadores tinham a empresa nas mãos, os patrões não entendiam nada do que eles faziam, e fui percebendo que mesmo os contadores erravam para caramba! Fui aprendendo um monte de coisa por conta própria, e decidi fazer curso técnico em contabilidade.

— O senhor se ofereceu para trabalhar na contabilidade da empresa?

— Não! Fiquei os cinco anos aprendendo na fábrica, aprendendo com os contadores fora do meu expediente, e fazendo o curso técnico. Quando já não tinha mais o que aprender, pedi demissão e fui trabalhar numa agência de empregos. Perguntaram se eu sabia datilografar... respondi *"um pouco"*... – e riu da própria modéstia. — Deram uma carta para eu datilografar. Sentei-me em frente à máquina, aprumei o papel... datilografei tão rápido que mal tinha dado tempo ao encarregado de sair da sala. Ele olhou, assombrado! "Você pode começar amanhã?" – riu, orgulhoso.

— Nossa! E já era seu nono emprego?

— Por dois meses, era uma bagunça aquele lugar! Quando saí, entrei em outro escritório, foi o emprego mais rápido que tive: fiquei apenas cinco horas!

— Briga outra vez?

— Não. Não podia fumar lá...

— O senhor não tinha medo de ficar sem trabalho?

— Sem trabalho? Menina, homens trabalhadores não ficam sem trabalho! Há muito o que fazer! Também você não acha que eu ficava sentado em casa, deitado no sofá, dormindo até mais tarde, esperando alguém vir me chamar oferecendo emprego, não é?

Apenas silenciei... Ele prosseguiu.

— Nos três anos seguintes, passei por mais quatro empregos, uma livraria, outra metalúrgica, um escritório de engenharia e uma empresa de contabilidade. Aos vinte anos, já tinha um diploma no curso técnico de contabilidade e quatorze empregos! Nessa empresa de contabilidade, foi onde comecei a me destacar como contador. Não quiseram me dar o cargo, porque não tinha curso superior. Comecei como auxiliar de escritório, mas quando implantaram a ficha tríplice, os contadores formados começaram a me pedir ajuda. Eu tinha aprendido a fazer e fazia melhor que os formados! O Nelson, o chefe do departamento, pensou que eu queria o lugar dele. Começou a adulterar minhas fichas, tentou me sabotar para o patrão. Tive que falar com ele, dizer que não queria o lugar dele, mas queria ajudar. Se ele continuasse deixando passar erros da equipe, ele estaria numa fria. Precisava da minha ajuda. Garanti que não queria o lugar dele!

— E não queria mesmo?

— Lógico que não! Ele ganhava quase o que eu ganhava, estava naquele cargo, acomodado, há tanto tempo, não aprendia mais nada! Estava morto! Eu queria aprender e cair fora! Sempre tive a meta de ter minha própria firma! Se eu tirasse a posição daquele coitado, ele não arranjaria outro trabalho para ganhar o que ganhava em lugar nenhum! Seria seu fim!

— E o senhor saiu mesmo?

— Sim! Sabia que eles não me dariam o cargo de contador. Fui trabalhar no caixa e lançamentos de avisos bancários em outro escritório. Era de confiança, gostava de mexer com dinheiro e os patrões confiavam em mim. Mas eu saí em sete meses porque não veio o aumento prometido pelo chefe. Não posso trabalhar para quem não tem palavra. Entrei em outra metalúrgica, mas também pedi demissão porque era proibido fumar no escritório. Eram outros tempos, sabe! Um absurdo essas proibições.

Ele fez uma pausa, respirou profundamente, continuou.

— Foi então que comecei a trabalhar na indústria têxtil. Foi lá que conquistei meu maior tesouro. – ele parou, de chofre.

— O senhor firmou alguma sociedade? – arrisquei, tentando fazer com que prosseguisse o relato.

— Não, exatamente. Foi lá que conheci minha Margarida.

14. Bem-me-quer, malmequer

— Quem é aquela moça? – perguntou Petrino ao encarregado do departamento.
— Quem? Ah! Marlene! Melhor você não mexer com ela! É moça séria. – respondeu Amadeu, conhecendo a fama de Petrino no escritório.

Dono de um apetite fora do comum para os padrões da época, Petrino não tinha vergonha de ser conhecido como um grande mulherengo. Já tinha saído com boa parte das mulheres da firma, embora estivesse noivo de Cida, sem data marcada para o casamento, mas com o apartamento já comprado e montado – resultado de anos de trabalho e uma administração financeira impecável.

Durante toda sua adolescência, entregava o dinheiro para o sustento do lar, separando um trocado para a condução. Em muitos dos dias úteis, voltava para casa em longas caminhadas, salvando dinheiro para comprar um doce.

Era um trabalhador dinâmico, que tinha um objetivo claro: aprender cada dia mais para ganhar cada vez mais dinheiro. Cada vez que seu ordenado aumentava, contribuía mais em casa, mas cuidava para que acumulasse parte do montante. Anotava em um papel todos os depósitos que fazia em sua conta no banco. Fazia questão de somar os valores de cabeça, anotar as operações à caneta nesse "livro caixa" particular, que só continha entradas e nenhuma saída.

Era clara a sua lei: a parte depositada não pertencia mais a ele, e a única operação permitida sobre ela era a soma.

Marlene poderia ter chamado a atenção de Petrino pela sua graciosa forma física: mais baixa do que ele, formosa – como se dizia na época a respeito das moças com um belo colo nos seios, cintura fina e quadris bem-feitinhos; cabelos castanhos cuidados como só as mulheres dos anos sessenta poderiam, que modelavam perfeitamente um rosto que parecia pintado em porcelana. Apesar de toda sua formosura, Marlene tinha se tornado um alvo na mira desse conquistador pela sua postura no trabalho.

Marlene era uma funcionária exemplar! Nunca se atrasava, nunca saía mais cedo. Tinha a mesa organizada, entregava todas as suas tarefas no prazo, com qualidade. Era séria, não dava bola para ninguém, nunca ficava de "papo" durante o expediente, tampouco interrompia sua labuta para o trivial cafezinho...

Não a ouvia reclamar de nada, não a via sair do foco. Era focada, inteligente, esperta. Era exatamente a mulher que ele precisava para partilhar a vida! Ele sabia que a principal sociedade que criamos era o matrimônio, e como ele queria chegar longe, precisaria de uma parceira à altura. Precisaria de uma mulher forte, destemida, esperta, que o ajudasse a somar, somar, somar.

Em pouco tempo, Marlene havia se tornado um pensamento fixo, um objetivo a ser alcançado, e ele não poderia demorar a conquistá-lo, ou isso implicaria uma permanência maior do que a necessária em mais um emprego temporário.

Alguns problemas o afligiam: seu noivado com Cida e o desdém explícito com que Marlene tratava "seu José", como ela o chamava quando era inevitável dirigir-lhe a palavra.

Ao que parecia, ela considerava inadmissível um homem mulherengo estar noivo! Os colegas davam seus conselhos, "afaste-se dela...".

Um grampeador acabou sendo guardado de forma bem segura na última gaveta da mesa do "seu José", e Marlene era a única que parecia ter sempre o seu à mão.

— Oi, Marlene! Você poderia me emprestar novamente seu grampeador? – ao que ela respondia estendendo-lhe o objeto, sem tirar os olhos do serviço.

— Devolva-me assim que usar, por favor. – Era sua única interação.

A festa de noivado estava marcada, Petrino convidou os colegas do escritório, incluindo Marlene. Deixou o convite na mesa dela e disse que ficaria muito feliz com sua presença, ao que ela apenas respondeu com um olhar crítico, como quem não se conformou com o que acabara de ouvir.

— Você virá?

— Provavelmente, não. – respondeu-lhe, voltando o olhar para o serviço.

A ausência de Marlene na festa poderia ser justificada pela falta de afinidade e motivos para se dar ao trabalho de prestigiar o noivado de estranhos. Mas, para ele, foi uma prova de que ela, no fundo, se importava com o "seu José do escritório".

FEITO BORBOLETAS

Renovado em esperanças improváveis, tomou coragem para romper seu compromisso com Cida, deixando a futura noiva inconsolável. Retratou-se com a família dela, alegando que estava apaixonado por outra moça.

Comunicou o rompimento do seu noivado à Marlene, esperando uma abertura para uma conversa, mas a imagem dele só fez piorar! Como um noivo termina seu compromisso logo após a festa de noivado?

Ele se viu obrigado a se declarar, somente assim poderia salvar a situação.

Ela o rejeitou.

Mas era José Petrini! Um homem que não conhecia o fracasso, que sabia o que era preciso para vencer: perseverar até que o fracasso se dobre diante do laço firme, braço forte de alguém que fora boi e se montou.

Travou uma intensa batalha, a seguia depois do expediente para ver onde morava, previa o momento de sua chegada, para lhe oferecer qualquer tipo de gentileza, trocou os pedidos de grampeador por pedidos de namoro, sempre negados.

Seu tempo na firma havia terminado. Já estava com tudo organizado para se estabelecer com escritório de contabilidade. Fez um acordo para sair, mas acabou tendo de adiar seus planos em relação ao escritório. Aceitou um trabalho em outra metalúrgica.

Não veria mais Marlene em seu dia a dia, mas não desistiria de seu objetivo. Continuou esperando por ela no início e na saída no expediente. Continuou galanteando, acompanhando até o ônibus, oferecendo ajuda frequentemente rejeitada.

— É estranho ouvir o nome de outra mulher na história de Margarida. Essas coisas de ficção...

— Nossa, seu Luigi! Quanto mais eu penso nessa história, mais improvável me parece que o senhor tenha se casado com ela! – disse, ao final da leitura.

— Ô... mas ela me deu um trabalho! Foi durona mesmo! E já se vão mais de cinquenta anos de casados! Bem... de uma certa forma, não é? – referindo-se ao fato de não morarem mais juntos.

— Como foi que o senhor a conquistou, afinal?

— Um dia ela acabou aceitando meu convite para ir ao cinema. Eu era doido para levá-la ao cinema! Era onde a gente namorava, sabe? Segurar a mão da moça, beijar no escurinho...

— O senhor conseguiu beijá-la?

— Sim! Mas na mesma hora que eu encostei nos lábios dela, imagine minha expectativa, meu coração parecia explodir! Não é que o maldito lanterninha mirou aquela porcaria bem na nossa cara! Olha, mas se eu pudesse arrastar aquele desgraçado pra fora...

— Não acredito!

— Ela já era toda envergonhada, imagine! Tanto que eu levei moças lá, tanta gente fazia coisa bem pior naqueles cinemas, e o lanterninha nunca pegava! Logo eu com minha Margarida em nosso primeiro beijo... muito injusto!

— Imagino... – reprimindo uma imensa vontade de rir. – Vocês se casaram rápido depois disso?

— Não! Tina, minha ex-noiva, quase estragou tudo! Eu tinha marcado de me encontrar com Margarida na porta da minha casa. Ela estava me esperando sair quando Tina veio dobrando a esquina. Disse que queria falar comigo! Margarida foi embora e ficou sem falar comigo por semanas! Ela não acreditou que eu não estava me encontrando com a Tina, pensou que eu a estivesse enrolando. Terminou tudo comigo! Deu um trabalho danado reconquistá-la.

Fiz silêncio. Lembrei-me de todas as vezes que eu mesma não tinha tido êxito em ficar com o rapaz escolhido. Pensei em Daniel. O que será que eu tinha feito de errado, afinal? Eu estava apaixonada, mas ele me deixou para namorar Bianca, uma colega nossa de classe. Custou caro, quatro anos de faculdade aperfeiçoando minha visão periférica para não olhar o casal melado, nem que por acidente.

O coração das pessoas é o maior mistério que eu conheço. Não acredito em receitas, e penso que a persistência dos vencedores seria facilmente pisoteada pela manada do inexplicável. Que venham os experimentos quânticos que mostram que a menor partícula muda de comportamento só por causa do olhar de um observador. Que tipo de "fórmula" eles poderiam atribuir ao amor?

O que será que esses pesquisadores diriam a respeito desse fenômeno, a não ser que ele é previsivelmente caótico?

Ah, que vontade de consultar os gurus da Programação Neurolinguística... Será que eu estivera analisando tudo errado, e bastaria "modelar" uma pessoa como seu Luigi, e eu teria me casado com qualquer parceiro escolhido?

FEITO BORBOLETAS

Se o fenômeno amor fosse submetido ao rigor da Ciência Newtoniana, será que algum modelo teórico teria boa aderência para sustentar hipóteses experimentais com base em limites de confiança para inferências probabilísticas?

Traduzindo, alguém – no mundo – poderia conhecer o amor a ponto de reproduzir um método no qual o parceiro teria mais de 95% de probabilidade de ser conquistado?

O fato é que o "contrato" entre seu Luigi e Margarida tinha sido selado, e até dez anos atrás, tinha sido mesmo um grande somatório de forças e talentos.

— Nós já estávamos brigando todos os dias. – ele retomou seu relato, interrompendo meu devaneio. — Nunca brigamos em tantos anos de casado, mas desde que saí da firma e comecei a ficar em casa todos os dias, virei um estorvo para ela. Tudo o que eu fazia estava errado. Tudo eu atrapalhava, deixava fora de lugar, irritava. Passei a me sentir um estranho em minha própria casa. Minha cabeça começou a ficar bem ruim... comecei a não prestar para nada mesmo... – silenciou, magoado.

— O senhor não me parece nada com alguém que tem a cabeça ruim. É impressionante o jeito como enxerga as coisas que estão acontecendo hoje, na sua família.

Ele apenas me olhou, parecendo analisar a resposta que me daria.

— Ouça... Maurice está chamando! Vamos marchar!

15. Pôr do sol

"Todos os dias, Deus nos dá seu beijo de boa-noite, quando o sol toca o horizonte. Ainda que esteja encoberto, o crepúsculo tinge o céu com cores vivas para que os homens atentos saibam que a força que rege a luz e a sombra cuidará de tudo, até a próxima alvorada." Lembrava-me das palavras de Lídia em minha primeira experiência do pôr do sol no núcleo.

Todas as pessoas se reuniam no núcleo ao pôr do sol, todos os dias. Idosos de todas as alas, crianças, colaboradores de todos os departamentos. A rotina na Nave era organizada de forma a permitir tempo hábil, precisamente dezessete minutos, para que todos estivessem dentro do núcleo em exatos dez minutos antes que o sol atingisse o observatório aberto.

O momento de deixar suas tarefas e localização era anunciado pelo *Bolero de Ravel*, uma obra do francês Joseph-Maurice Ravel (1875-1937). A música podia ser ouvida pelo sistema de som da Nave, em todos os lugares. Era o único alarme que tocava diariamente, anunciando seu subentendido pedido de silêncio e marcha.

O octógono inteiro fluía gente vinda de todos os ângulos. As pessoas se dirigiam de forma lenta, paciente e organizada à "ciclofaixa", e a partir dela entravam no núcleo por diversas passagens, então abertas, preenchendo aos poucos o grande centro. Quando entravam, continuavam marchando, caminhando em diferentes direções, fixando seus olhares nos transeuntes com o melhor que tivessem no momento. Sorrisos, toques suaves, olhares destemidos.

À medida que o núcleo recebia mais pessoas, os passos tornavam-se mais cuidadosos, e o contato dos olhos, mais demorados. O movimento era a resposta das notas. A música ia dando seus sinais de que logo cessaria, esvaindo-se do mundo, cedendo lugar ao vazio.

CRISTIANE PEIXOTO

Quando, por fim, o silêncio pairava sobre crianças, jovens e velhos, alguns em pé, outros em suas cadeiras espaciais, o movimento cessava, as pessoas voltavam-se para si.

Podiam fazer o que lhes aprouvesse, fechar os olhos, olhar ao redor, sorrir, respirar, mover-se suavemente... ninguém permanecia alerta (observando se os átomos iriam se comportar como ondas ou partículas) mais do que duas experiências. Na terceira vez, já era impossível conter-se, não se entregar. Era um momento mágico!

Nesses poucos minutos de silêncio, as pessoas faziam o que lhes fora ensinado: vibravam, sentiam, pediam e – acima de tudo – agradeciam. Acreditavam que a gratidão era a força de cura para suas mazelas mais profundas. Agradecer mudava a perspectiva, fazia cada pessoa enxergar a grandeza de cada dia de dor, que aquebrantava a matéria trazendo a abertura para que a sombra ou a luz penetrasse. Mesmo tomados de escuridão, por mais encoberto que fosse o crepúsculo e por mais longa que fosse a noite fria, seus olhos contemplariam a alvorada novamente.

Com as peles arrepiadas, os olhos marejados e os corações batendo em uníssono, outros acordes convidavam para o embarque em uma nova viagem, rumo ao céu. Os olhares procuravam o sol, para além da abóbada de vidro, agora aberta, como um observatório astrofísico.

A abertura da cápsula do foguete, planejada para apontar para o oeste, formava um leque de prismas de vidro octogonais, posicionados para receber o beijo do sol. A refração da luz espalhava-se por todo o interior, coloriam os rostos e toda matéria que, apesar de ser formada por minúsculos núcleos e um enorme vazio, não lhe dava passagem.

As formas temporárias de tudo o que pereceria até sua invisibilidade recebiam as marcas da luz, que viajava em alta velocidade, ainda que pelo vácuo, para nos lembrar da força que sempre vai trazer de volta a alvorada.

A força sempre vai nos trazer de volta a luz, que pode ser simultaneamente onda e partícula, vibração e matéria, o visível e o invisível.

A luz nos lembrava do quão vulnerável era o conceito de impossível. A luz era, ao mesmo tempo, visível, imaterial e impossível.

A orquestra, a luz, o brilho do olhar, a sinceridade do toque, o sorriso leve... eram parte de um todo majestoso, a harmonia perfeita da criação, do aqui e agora. Nesse momento, por menos de trinta minutos, todos eram um, cada ser era integrado, não havia nada fora do lugar, nada que não fosse apropriado. Nada além da perfeição. Era só isso.

16. Crepúsculo

Minha vida tem sido uma mistura frenética de realidades. Todas as quintas-feiras me trazem emoções paradoxais, a alegria de estar naquele lugar mágico, a felicidade proporcionada por cada minuto ao lado do seu Luigi, a raiva pelas coisas que ele relata a respeito de sua família, que logo é dissolvida pela experiência transcendental ao pôr do sol.

Apesar de ser sempre o mesmo Maurice, como ele chamava, tocando o mesmo Bolero de Ravel; embora fossem os mesmos dez minutos de interação e um tipo especial de meditação; embora as cores da luz através do prisma fossem sempre as mesmas, nunca nada se repetia. Sempre havia o elemento novo, a surpreendente viagem do AGORA.

No início, eu pensava que estaria farta daquilo antes do fim do dia. No mesmo dia, já estava transformada. *"Há uma verdade aqui que não posso lhe transmitir em palavras"*. E havia. Nem mesmo eu, jornalista, comprometida com a comunicação falada e escrita, não consigo transmitir a você a grandeza daquele momento singular, que se repetia como um mantra todos os dias para eles, e toda quinta-feira para mim.

Nem para mim, tampouco para eles, aquilo era algo que se pudesse "enjoar". Era como uma hipnose, em alguns minutos estávamos todos transportados para outro lugar. Estávamos todos no centro da Nave, prontos para a viagem. Era uma saudade imensa a se sanar todos os dias, a saudade de sermos integrais, plenos, completos, invencíveis. Era a saudade que temos de nós, saciada pela troca entre nossos iguais, envolvidos por essa indescritível forma de arte, que aprendi a valorizar como nunca: a música.

CRISTIANE PEIXOTO

A música produzida pela harmonia de múltiplos músicos, tocando a particularidade de diversos instrumentos que emitiam ondas...

O toque mecânico, gerado pelos dedos ou pelo ar que saía dos pulmões, produz compressões e rarefações no ar, vibrações específicas em áreas planejadas para recebê-las. As vibrações disparam ondas mecânicas, que diferente da luz, precisam de matéria para se propagar de forma tridimensional, e essas ondas carregam energia e informação com elas.

Cada dedo encosta uma corda, cobre ou descobre um pequeno orifício, pressiona e solta uma determinada tecla ou botão... Cada sopro é conduzido precisamente pela musculatura, a fim de penetrar a estrutura do instrumento, gerando a vibração desejada.

Não há nada mais caótico do que a música, talvez nada mais complexo que o homem possa produzir, por unidade de tempo. Em um único instante, aqueles seres individuais, portando seus equipamentos individuais, produzem, juntos, o todo de que fazem parte.

Só enquanto a música durar, homens falhos, imperfeitos, caóticos, podem produzir a onda da perfeição. Todos se tornam um único pulsar, só por agora.

Essa nova percepção da música me fez pensar em todas as formas de arte, a maneira como se costuma valorizar uma pintura ou escultura, normalmente, mais do que uma composição musical. A arte é uma expressão do divino em nós, é sublime. Mas de todas as formas de arte, em minha nova visão, não há nada que se compare à música.

Alguém conseguiu ouvir para além do recurso da audição, sentiu antes de produzir a vibração, organizou matematicamente o caos. Alguém integrou indivíduos imperfeitos para produzirem uma só voz. E no exato momento que todos se reúnem em uma única inspiração, enchendo de ar os pulmões conectados, a mágica acontece. A música é a única coisa que me ajuda a entender o "aleatório" determinístico, os conceitos quânticos.

Uma pintura é uma matéria, uma escultura é uma matéria, perecem, sofrem a ação do tempo. Tornam-se objeto do desejo egoísta humano, alimentam a fome de poder, a ilusão da exclusividade. É aí que mora seu valor, na escassez. No fato de estarem sempre ao alcance de poucos. A música não pode ser guardada em uma vitrine de luxo, não pode pertencer a um único homem. É uma energia atemporal, invisível e democrática. É onda e é luz. Não deveria ser mais valorizada, justamente por isso?

FEITO BORBOLETAS

Todas as quintas-feiras, saio da Nave refeita, com dificuldades para me lembrar dos meus problemas, das aflições que trouxe de fora, das que encontrei nas conversas com seu Luigi. Sinto-me pequena por ter julgado, tendo ouvido apenas um lado da moeda, um ângulo de um octógono inteiro. Mesmo sabendo que me trazia a verdade, a verdade era como um imenso quebra-cabeça: a parte nunca me ajudaria a enxergar o todo.

A sexta-feira e o fim de semana passavam voando, principalmente agora que eu tinha acrescentado um livro para escrever, estudos sobre comunicação e devaneios sobre cicatrizes recém-feridas por um contador de histórias.

No sábado seguinte, tinha completado duas semanas do curso em *storytelling*, mal conversei com Maria sobre isso. Não tinha nada a dizer, afinal. Ainda assim, ela me deu explícitas recomendações, já que eu não era simpatizante da Programação Neurolinguística (PNL), e o curso parecia baseado em seus preceitos, deveria aproveitar para me afastar de vez. Sobre uma coisa, porém, não quis conversar com ela: a quantidade de vezes que me deitava para dormir e pensava nas mensagens que ele me enviara, na porcaria do *Messenger*.

A foto que tiramos com o celular do assistente dele me foi enviada pelo WhatsApp, agora que ele tinha todos os meus dados pessoais após inscrição no curso. Foi apenas um encaminhamento seguido de mãozinhas amarelinhas em gratidão, que receberam um par igual como resposta.

Algumas vezes, a foto fora revisitada nesses quinze dias, junto com os tracinhos azuis sob minhas mãozinhas de resposta, outra porcaria aterrorizante criada por esses aplicativos sádicos.

Neste sábado em particular, estava bem difícil dormir...

Já era quase meia-noite quando a vibração do celular resolveu dar voz à minha mesa de cabeceira. Uma inoportuna claridade na tela anunciou a expectativa de exibir a mensagem recebida no WhatsApp. Quase pulo da cama.

Era uma mensagem de Daniel. Ao lado da foto de perfil escolhida a dedo, era possível ler todo o conteúdo que ele decidira enviar àquela hora de um sábado à noite.

Um ponto. Sim, apenas o ".".

Será que teria enviado por engano? De repente, estava escrevendo uma mensagem a alguém, depois apertou algum botão sem enxergar e acabou enviando o ponto final para mim?

Abri a mensagem, que certamente pintou de azul os dois tracinhos do outro lado. Foi o que bastou. Foram só os tracinhos darem o sinal azul, que ele mostrou que não tinha sido um engano.

"Está acordada?"

"Ao que parece... tudo bem?", respondi, dando abertura para explicações.

"Tudo bem, sim. Só que não consigo parar de pensar nas coisas que conversamos", disse ele.

Senti um gelo, uma onda fria subir do estômago para a garganta, aquilo era um péssimo sinal. O movimento de raciocinar e digitar uma resposta que o contivesse fora bloqueado pela visão da palavra "*digitando...*"; mais uma estratégia para aumentar a expectativa e dar o ritmo da conversa: aguarde.

A segunda mensagem veio rápido, seguida da palavra "*digitando...*", fazendo-me alternar entre leitura e expectativa. No tempo que seria adequado para ler uma mensagem, uma nova estava sendo digitada, e era enviada antes que eu pudesse digitar, e esse movimento continuou, continuou...

Fui me levantando, resolvi me sentar...

Ainda bem, porque fiquei segurando o celular, lendo mensagem atrás de mensagem. Quando consegui responder, não gostei nada do que disse. Previa o início de uma longa noite fria, num sentido metafórico. Na realidade, eram três horas da manhã, quando paramos de trocar mensagens.

As duas últimas foram...

"Preciso de tempo... com o tempo isso vai passar!", digitei, ao que ele respondeu:

"Não vai passar. Faz vinte anos, não passou..."

17. Vinte anos antes

— E agora? – perguntou Cléo, cheia de expectativa.

— Não sei... acabamos de começar a faculdade! Sabe como é? As pessoas ficam, depois nem se lembram... – respondi, com um tom de desdém que não combinava muito com a real expectativa.

Daniel entrou na sala, veio em minha direção, na primeira carteira, bem ao lado de Cléo, apoiou sobre minhas pernas sentadas para um selinho de bom-dia.

Pelo jeito, não fazia questão que fosse segredo que me beijou na noite anterior, quando me convidou para um *happy hour* com alguns colegas de sala.

Nosso namoro começou de um dia para o outro.

O amor é um grande risco. Se há alguma coisa que se deva temer, é o amor.

— Não se apegue demais. Hoje estou com você, amanhã não se sabe... – Era um conselho que eu dava a Daniel, conhecendo as armadilhas do sentimento.

— Por que você diz isso? Não está gostando de mim?

— Sim, estou aqui com você, AGORA. Vamos viver o momento, não sabemos o que vem depois. – respondia, percebendo que não o convencia.

Daniel era um cavalheiro, carinhoso, preocupado. Com frequência, fazia questão de me levar até em casa após a faculdade, quilômetros de tráfego intenso, e depois tinha todo o solitário percurso de volta. Era maravilhoso estar com ele!

— As amigas da Bianca me convidaram para estudar na casa dela, de novo. – disse-me depois de ter estudado com as garotas uma vez, quando estávamos próximos de outra prova.

— Que ótimo! Bom estudo para vocês! – foi minha resposta natural, mais uma vez.

— Você não tem ciúmes? Eu disse que elas estão tentando me aproximar dela! – seu rosto expressava desapontamento.

— Você quer ficar comigo ou com ela? – perguntei, objetiva, como quem sabe da resposta óbvia.

— Com você! – ele respondeu, irritando-se com minha forma de colocar as palavras.

— Então, qual é o problema? – ao que ele apenas silenciou, aparentemente inconformado.

Alguns dias depois, ele me telefonou. Sua voz tinha perdido o tom, falava como se não quisesse que o som fosse ouvido.

"Eu beijei a Bianca."

— O que você quer?

"Quero ficar com você!"

— Então, fique!

"Como? Você não tem ciúmes? Eu não admitiria isso! Você não gosta de mim! Se gostasse, não ficaria indiferente a isso!"

— Eu disse para você não se apegar! Eu quero ficar com você, se você quer ficar comigo, qual é o problema?

Confesso que menti. Não tinha gostado nada daquilo, nem por um momento. Senti um aperto no coração. Amor é uma palavra forte demais. Se há alguma coisa que se deva temer, é o amor.

Ainda assim, dias depois, acabamos em um lugar bem específico. Quatro paredes que me recebiam pela primeira vez na vida.

Pela primeira vez, estava rendida. Despi minha armadura, pela primeira vez. Segui meu coração, pela primeira vez. Mas a tensão parecia se apoderar de Daniel, que também despido – talvez de coragem – perdera o "*timing*" e desistiu.

"Como você espera que eu me sinta? Como espera que eu fique aqui com você hoje, se ontem você disse que amanhã pode não estar mais comigo?"

Foi então que compreendi. Nada aconteceria, nosso momento foi interrompido porque um sentimento terrível se apoderou dele e o paralisou de medo. Voltei a vestir minha armadura, por tempo indeterminado. É minha culpa! Eu causei isso, cometi o erro de afastar de mim algo que, de fato, queria. Criei uma situação péssima para nós dois, e não sabia como consertar.

FEITO BORBOLETAS

Não sei o que aconteceu depois, nem quantos dias demoraram, para uma manhã de que me lembro muito bem.

Foi de um dia para o outro, não tive um comunicado oficial.

Entrei no campus da faculdade para a primeira aula da manhã. À minha frente, caminhavam de mãos dadas Daniel e Bianca.

Parei, repentinamente. Virei as costas, corri de lá. Esperei o ônibus para casa, sabendo que não tinha condições de entrar na mesma sala, vê-los juntos, encarar a todos.

Entrei no ônibus segurando cadernos e livros com força contra o peito, como se a compressão pudesse impedi-lo de explodir, sentei-me. O trajeto até minha próxima parada seria longo e demorado.

Soltei os cadernos e livros sobre o colo, descobri que estava certa, ao libertar-se da compressão o peito explodira, rompendo a barragem que represava um rio de lágrimas.

O choro foi profundo e desesperador, não pude contê-lo. Durante todo aquele tempo de longo e demorado trajeto, não cessou.

Não está acontecendo! Não é possível!

Uma moça se espremeu entre os passageiros, tocando meu ombro que se agitava aos solavancos.

— Você vai descer no próximo ponto, não é? – perguntou-me.

Sua pergunta me trouxe de volta à realidade. Olhei pela janela, teria de descer no próximo ponto e nem tinha me dado conta! Certamente, não fosse pela intervenção daquela moça, teria perdido a minha parada e levaria muito tempo para retornar. Mas quem é essa moça, afinal? Como sabia qual era meu ponto?

Voltei o olhar para ela, procurando identificar qualquer semelhança a alguém conhecido, mas nunca a vi. Não sei como sabia que precisaria descer. Antes que pudesse formular qualquer pergunta, ela me falou novamente.

— Não fique assim por causa dele! Você é muito especial! Vai descobrir tudo no tempo certo.

Ela sorria como um anjo e, desde seu toque no meu ombro, o choro havia cessado.

Apertei o botão para descer e voltei meu olhar para aquela moça, mas não havia ninguém onde ela estava. Senti um arrepio de medo, ao mesmo tempo que aquela interação tinha me dado força, não consegui explicar.

Desci do ônibus grata e fortalecida, mas sentia um enorme buraco no peito. Apesar disso, na continuação da minha volta para casa, decidi que voltaria para a faculdade no dia seguinte, de cabeça erguida. Ele nunca saberia do meu inexplicável episódio de desaguar um rio dentro de um ônibus e precisar ser salva por intervenção dos anjos. Não era uma coisa típica de alguém que está "curtindo o momento e tanto faz o que vier depois".

"Aconteça o que acontecer, não olhe para eles!"

Foi assim que reforcei minha armadura para encarar um grupo de estudantes, que incluía um tétrico casal, por uns dias.

O melhor amigo dele veio me procurar para saber "como eu estava".

Com o maior desdém que consegui expressar, respondi que estava ótima, mas que não entendia. Que ele parecia muito triste e que não fazia sentido, já que eu tinha certeza de que ele gostava de mim.

Entre coisas que ele me disse, a frase "você vai precisar se acostumar a vê-los juntos" foi de matar!

Dentro de mim, havia uma voz que dizia "não, não, não, não é possível", "não pode estar acontecendo", "não pode ser", "não"...

Então, era isso!

"Aconteça o que acontecer, NUNCA olhe para eles!"

Foi que minha armadura ficou ainda mais forte – por muitos dias. Por quatro anos.

No início, não foi fácil. As fofocas rolavam, as conversas se abafavam quando eu passava. As minhas amigas e as amigas dela se tornaram inimigas mortais. Era difícil pedir para que parassem de falar mal sobre o tétrico casal, já que eu estava tentando fingir que eles não existiam. Mas era como se elas fossem meus olhos... pelo relato delas, eu sabia se estavam rindo, conversando, se estavam sozinhos ou se abraçando... eu nunca olhava!

— Ele está com uma cara horrível... – dizia Cléo.

— Você está dizendo isso para me animar...

— Verdade! Olha lá, pode olhar... eles estão olhando para o outro lado.

Eu olhava por um segundo, ela tinha razão. Ele ficou muito tempo com aquela expressão tão diferente do rosto que eu conheci.

Bianca era um doce, o tipo de pessoa que seria minha amiga, com toda certeza. Sabia disso pela energia. Mesmo sem olhá-la, era o tipo de coisa que a gente sentia, como alguém que não pode ver o sol, mas pode sentir o calor sobre a pele.

Faltando alguns meses para o final do curso, no quarto ano, Bianca se aproximou de mim pedindo para fazer parte de um grupo de estudos que eu estava liderando. Não pude recusar. Na verdade, foi muito bom que ela tivesse se aproximado. Minha sensação era de que nada daquilo importava mais, nem ele me incomodava mais, nem ela. O tempo era o mestre de tudo.

Não podia evitar de olhar bem nos olhos dela, como se pudesse ler alguma informação relevante em sua íris. Percebia que ela retribuía o olhar curioso. Não falávamos dele, era um assunto desconfortável e irrelevante. Não demorou, ficou claro que tínhamos mesmo uma conexão, muitas coisas em comum. Foi o tipo de amizade mais improvável que eu viveria.

Nossa aproximação gerou polêmica entre as tribos segregadas. Como era possível? O fato é que passamos a nos conhecer melhor, de repente estávamos comemorando juntas aniversários uma da outra, com o doce tempero da improbabilidade. Havia sempre aquele traço curioso nos olhares; e no meu, um toque triste de pensar no tempo que fora perdido.

Em nossa viagem de formatura, as torcidas dos times rivais estiveram juntas, já pacificadas após rejeições mútuas que perduraram quatro anos e, por fim, cessaram. Bianca estava com Daniel, o que nos manteve em completo afastamento, salvo uma ou outra oportunidade em que meninas e meninos se separavam.

Na última noite da viagem, foi inevitável que todos trocassem fortes abraços de despedida. Todos, menos...

Só que ele parou em minha frente, esperou que eu me afastasse, mas não me afastei. Não faria diferença. Tanto faz.

Ele abraçou a armadura fortalecida durante quatro anos, eu retribuí, inviolável.

"Me desculpe", sussurrou ao meu ouvido.

"Já desculpei", respondi, apenas.

18. Deletado

O que você faria se descobrisse que deletou uma boa parte do seu passado?

As mensagens de Daniel tiveram o efeito de um tornado, não de um bater de asas de borboleta.

Naquela noite, ele resumiu pequenas mudanças de percurso no passado longínquo, que produziram drásticos efeitos que podiam ser lidos pela tela do celular, vestindo meu pijama – vinte anos depois.

Dois detalhes me apavoraram! O primeiro, eu tinha apagado a maior parte da minha história com ele!

No início, ele deve ter pensado que eu estava brincando. Mas conforme eu não me lembrava, ele foi narrando, com detalhes, os acontecimentos. Durante todo esse tempo, nunca tinha percebido a quantidade de lacunas na história de que me lembrava!

Tinha perfeita clareza de alguns momentos, mas não me atentei ao fato de, por exemplo, não fazer a menor ideia de como fora parar naquele quarto com ele, ou do que acontecera depois que fomos embora.

Não me lembrava de nenhum bom momento com ele, apenas das constantes crises de insegurança, das cobranças por atitudes ciumentas que eu nunca apresentara. Mas ele me lembrou dos beijos, dos abraços, das risadas...

Ao mesmo tempo, falou de uma garota arisca, arredia, que não recebia bem carinho e afeto. Falou de uma garota que marcara a pele dele com arranhões para se defender, como um gato ameaçado por um predador. Eu fui essa garota!

"Você não se lembra? O Rafael conversou com você sobre isso!" – referindo-se ao seu melhor amigo na época. Não me lembrava da conversa.

A única coisa que veio em minha mente era ele rindo para mim, dizendo "vou dizer à minha mãe que tem uma gata na faculdade me atacando...".

Lembrou das vezes que ficamos parados na porta da casa da minha avó, já à venda, para longas conversas e amassos no banco de trás do carro. Não me lembrava de ter ido à porta da casa da minha avó com ele, parecia loucura! Mas como ele sabia descrever toda a fachada, a rua, a localização???

Falou de um dia que fora muito marcante, descreveu a roupa que estava usando, uma calça preta e uma blusa branca de que eu gostava muito... não tinha nenhuma memória do episódio, mas lembrava da roupa favorita com perfeição.

À medida que ia me falando das conversas que tivemos e da forma terrível como eu me defendia dele, fui observando, vinte anos depois, que era impraticável permanecer comigo. Eu não estava pronta. Não me permitia, não cedi, não era uma garota que se pudesse namorar.

Amor... uma palavra forte. Se há uma coisa que se deva temer, é o amor.

Falou sobre a conversa que tivemos, na porta da casa da minha avó, sobre o término do nosso namoro e o começo do namoro com Bianca. Tive uma vaga lembrança, mas para mim aquilo era um absurdo! Era como um pesadelo que tivesse afligido seus pensamentos em um dia, para que no outro estivesse completamente abstrato, e não para que surgisse na faculdade de mãos dadas com ela.

Com tristeza, percebi que não me lembrava da primeira vez em que me abordou, ainda no primeiro mês de faculdade, enviando um bilhete... Nem das outras vezes que me procurou para oferecer carona, que disse que eu recusava, ou para brincar comigo, chamar minha atenção.

Para mim, nosso namoro começou no dia que entrou na sala de aula e me deu um selinho, depois de ter ficado comigo na noite anterior, ainda que, durante esses vinte anos, não tivesse percebido a falta de toda a história antes disso, do convite, do local, do primeiro beijo... Não me lembrava de nada! Tudo apagado.

Era tudo um vácuo... se eu não soubesse que tivera aquela roupa, que aquela era a descrição da fachada da casa da minha avó, que nossa história não poderia ser um monte de borrões sem começo nem fim, diria que ele mentia.

Basicamente, eu me lembrava da dor, das lágrimas, da frustração, da rejeição. Mais nada. Apenas o que teria sido útil para alimentar minha armadura.

FEITO BORBOLETAS

Uma história muito bonita havia sido arrancada de mim, deixando apenas a escuridão que restara dela.

No entanto, para ele...

Contou de quando Rafael foi procurá-lo para lhe dizer que tinha ficado comigo em uma festa, um bom tempo depois do nosso rompimento, ainda durante a faculdade. Confessou que sentira ciúme... mas mentiu para o amigo, dizendo-lhe que não tinha problema. Eu lembrava de ter ficado com Rafael, mas não sabia que ele tinha ido se justificar ao Daniel! E se ele sentira ciúme... que sentido isso tinha? Por que me dizer isso, agora?

Disse que tentou falar comigo durante a faculdade, mas que eu nunca lhe dera abertura e que sentia medo.

Contou que sentira um "calor" ao me receber no dia da entrevista, e depois outro "calor" ao me abraçar para a foto no dia do curso.

Disse que eu não mudara, e começou a pior parte... o segundo detalhe. Foi digitando, sem parar, as lembranças que tinha do meu corpo e, pelo pouco que conhecia, lembrava-se com perfeição. Era exatamente o corpo para o qual eu olhava, agora agitado por respirações curtas demais.

Sem hesitar, disparou em escrever o que eu preferia não ter lido.

19. Cortina de fumaça

Quanto tempo estudando jornalismo, analisando a história! Subterfúgios como a tal "cortina de fumaça" era um velho clichê, uma estratégia comum quando o efeito desejado é iludir, ocultar o que não deva ser visto. De repente, ficou claro como o dia: eu usei uma cortina de fumaça para bater em retirada e contra-atacar, aniquilar o inimigo, que não sendo visto, seria alvo fácil. *"Aconteça o que acontecer, NUNCA olhe..."*

Eu não olhei.

Por mais que tentasse, não era capaz de recuperar nenhuma única memória. Por mais que me concentrasse nas cenas, lugares e palavras que ele resgatara, não vinha o menor indício de que havia qualquer registro, por menos nítido que fosse, daquelas experiências. Estava me sentindo apavorada!

"Tem uma demência senil que não está bem definida, Alzheimer possível."

Não podia parar de pensar em seu Luigi! Com a história que ele me contava, era muito natural que tivesse precisado lançar mão de uma cortina de fumaça também. Inclusive, justificaria sua saída de casa e sua permanência na Nave, no lado oculto da lua.

A novidade era que uma decisão, ainda que inconsciente, pudesse, de fato, apagar memórias do nosso cérebro. Como isso poderia ser possível?

Mesmo sendo um domingo, adiantei as coisas para sair. Precisei vê-lo.

— Paula! Que surpresa você aqui hoje! – disse a recepcionista de plantão, quebrando o *script* de boas-vindas.

— Oi, Lúcia! Como vai? Preciso ver seu Luigi!

— Aconteceu alguma coisa? – assustou-se com minha expressão, ligeiramente apavorada...

— Não, apenas preciso de algumas informações para o livro... foi um *insight* que tive essa noite! – o que era pura verdade.

— Ufa... – suspirou, aliviada. Sabia que ele era um integrante especial da Nave, e sua permanência lá não era o que podíamos considerar segura, já que sua esposa queria levá-lo embora. – Fique à vontade! Vou anunciar sua entrada.

Enquanto caminhava em direção à sua ala, sabia que Lúcia estaria acionando o sistema de comunicação com seu Luigi, uma espécie de relógio que funcionava como um rádio, apitaria a entrada da minha visita, ao que ele responderia apenas pressionando o botão escolhido: a opção que representava "sim" emitia um som, caso a resposta fosse "não", emitiria outro. Todos na Nave sabiam que minha entrada era sempre "sim", mas o aviso servia para não o assustar.

— Menina!!!! Que beleza!!! Esses dentes são seus? – ah, que sensação maravilhosa ser recebida por ele!

Ele falava e olhava direto para meu sorriso, já escancarado. Sempre disse que meus dentes eram lindos!

— Seu Luigiiiiiiii!!! – corri para um abraço, debruçando-me, com cuidado, sobre o idoso em sua poltrona.

— Que surpresa maravilhosa! Que pena que não chegou para o café!

— Sim, o café, o orvalho, os atendimentos da manhã... esperei terminar tudo para não atrapalhar, eu também tinha coisas em casa a fazer! Preciso falar com o senhor!

— O que aconteceu? – seu olhar já buscava o meu com ar de preocupação. Sabia que não estava tudo bem.

— Eu queria perguntar ao senhor, ham... – hesitei para formular a frase. Decidi resgatar uma linha de raciocínio. Tão logo puxei o ar, despejei sobre suas pernas sentadas.

"Seu Luigi, o senhor é um homem incrível! Não conheço ninguém como o senhor! Com trinta anos de idade, já tinha passado por vinte e dois empregos! Fundou sua empresa sozinho, com a cara e a coragem, comprando bobinas de cabo de aço e vendendo pelo telefone! Seu primeiro funcionário foi um garoto que provavelmente tinha deficiência intelectual, e tenho certeza de que o senhor só o contratou para ajudá-lo, mesmo tendo que deixar o *script* inteiro para que ele pudesse ajudar nas ligações.

FEITO BORBOLETAS

Eu quero entender sua doença. Quero que me conte tudo o que aconteceu há dez anos, quando o senhor saiu da empresa e passou a administração para sua filha."

Ele arregalou os olhos, fez um bico com os lábios, como se pudesse segurar as palavras por dentro.

— Eu saí porque minha cabeça começou a ficar ruim!

Aquela era sua cortina de fumaça. Ele já tinha me contado muitas coisas sobre os filhos, eu sabia que deveria haver algo ali que era melhor não enxergar.

Ele respirou fundo, começou seu relato.

"Meu filho trabalhava comigo na firma há alguns anos. Só que ele fazia muita besteira! Não tratava bem as pessoas, tinha aquele ar de superioridade, o apelido dele era chefe. Muitas vezes, ele se comprometeu com maus negócios, eu consegui recuperar alguns, em outros a gente tomava prejuízo. Quando eu conversava, ele ficava nervoso! Dizia que sabia o que estava fazendo. Ele não me ouvia!

Por outro lado, eu tinha um funcionário exemplar! Bernardo era meu braço direito na firma. Trabalhava lá há anos! Tinha experiência, competência, entendia do negócio. Meu filho não o suportava! Vivia implicando com ele, perseguindo, cismando com cada passo! Estava ficando insustentável!

Um dia, Bernardo precisou pegar um documento na sala do chefe. Um puxa-saco dele foi correndo avisar que Bernardo estava em sua sala. Meu filho não perguntou, entrou feito um furacão, deu um soco na cara de Bernardo!

Pedi que não fosse à polícia! Meu filho já tinha muita encrenca por brigas na polícia...

A coisa ia ficar por ali, mas meu filho me pressionou. Disse que queria que Bernardo fosse demitido, imediatamente! Eu disse que não autorizaria. Então ele disse, ou o senhor o manda embora, ou eu!"

— E o que o senhor fez? – quebrando o breve silêncio produzido.

Fiquei ansiosa em ouvir a resposta, mas nem precisaria. Conhecendo a trajetória, acima de tudo, conhecendo o homem, não haveria outra saída.

— Mandei meu filho embora. Veja... ele não me deixou opção! Se eu não tivesse feito isso, seria o fim da empresa, o fim da empresa que eu construí! Eu sou a empresa e a empresa sou eu! Não dá para separar isso! E como nós viveríamos sem a empresa? Tudo o que temos sai da empresa! Tudo o que todos nós temos, meus filhos, netos, a Margarida!

Continuou se justificando. Nem precisava, era claro que tinha feito a coisa certa. Pensei que essa tinha sido a pior parte, mas a razão que fez um general como ele bater em retirada veio depois.

— Ele não me perdoou. Margarida não me perdoou. Não se conformou que eu tivesse ficado ao lado de um funcionário, em vez do nosso filho. Disse que ele era o herdeiro, que eu tinha tirado o herdeiro e o humilhado, preferindo um funcionário. Nunca mais Margarida me tratou da mesma forma.

"Para tentar amenizar a situação, disse a ele que não se preocupasse. Que eu continuaria pagando suas contas, a pensão de sua ex-mulher e meu neto, que ficasse tranquilo que eu continuaria pagando tudo, mesmo com ele fora da firma. Não adiantou nada. Esse, na verdade, foi um grande erro.

Ele ficou tão revoltado que começou a fazer gastos absurdos, pagar festas exageradas para todo mundo, a ponto de levar enormes multas do condomínio por barulho e vandalismo. Eu fiquei desolado. Minha filha começou a me ajudar na firma um período do dia, começou a fazer mais retiradas. Meu filho não se dá bem com o marido dela, que é um cara difícil mesmo. Não trabalha, bota banca de rico em todo lugar, às custas da firma.

Os dois irmãos começaram a brigar por causa de dinheiro. Meu filho brigava dizendo que a irmã sustentava vagabundo com o dinheiro da firma. Minha filha dizia que ele era o próprio vagabundo sustentado com o dinheiro da firma.

Colocou uma piriguete para ficar no apartamento com ele, só para irritar a irmã. A piriguete acabou dando um golpe nele, quebrou o apartamento, tentou processá-lo sob a acusação de agressão. Nesse tempo que ficou fora da firma, fez um monte de besteiras, sociedades que não deram certo, torrou dinheiro em negócios arriscados, levou golpe mais de uma vez. Margarida pagava, mesmo contra minha vontade. É meu filho, Luigi! – ela dizia. "Bom, é meu filho também, e nós estragamos nossos filhos".

Isso, sim, justificaria uma cortina de fumaça.

— E como foi que o senhor saiu da firma?

— Fui saindo aos poucos, comecei a viver um inferno em casa, sempre brigas, discussões... comecei a não querer fazer as coisas. Achava melhor dizer que não sabia, que não lembrava, que minha cabeça não estava boa. Minha filha foi assumindo, Bernardo foi se virando, como sempre. A firma já podia seguir sem mim. Mas eu sei que não será por muito tempo. Veja a crise que estamos vivendo! Meu estoque já está 40% menor, eu nunca deixei isso acontecer! Eles estão aceitando vendas arriscadas! Muitas empresas não estão conseguindo pagar, se eles tomarem calotes desse tamanho...

"Minha filha foi me excluindo de certas contas no banco, de certo para que eu não visse suas retiradas. Como se fosse necessário! Eu vejo suas extravagâncias! Ela comprou um apartamento no mesmo prédio onde moramos, reformou inteiro, eu vi como ficou! Não preciso olhar as notas para saber o quanto ela gastou ali! Meu genro só anda de carro do ano, ela vai ao *shopping* quase todos os dias, e sempre volta cheia de sacolas! Só usa roupa de marca! É uma guerra! Quanto mais um faz, o outro também quer fazer!

E eu fui ficando restrito, Margarida foi assumindo cada vez mais meus cuidados, mas ela não tinha paciência. Tem idade também, sabe?"

— Até que um dia, o senhor resolveu vir para cá...

— Eu comecei a procurar casas de repouso. Não para mim, para Margarida.

— Margarida?

— Quando eu morrer, ninguém vai olhar por ela! Meu filho caiu no mundo e não quer nem saber, minha filha quer ser cuidada, não quer cuidar de ninguém. Margarida ficaria sozinha e, logo, desamparada. Não sei quantos anos a firma aguenta desse jeito.

"Nunca foi assim! Eu sempre fui o primeiro a chegar e o último a sair, e conhecia como ninguém o ramo. Minha filha acorda a hora que quer, toma seu café da manhã tranquilamente, faz sua ginástica com o *personal trainer*, vai ao salão, almoça... chega na firma depois da uma da tarde, sai por volta das quatro e gasta tubos de dinheiro! Como isso pode sobreviver?

Margarida tem mais saúde do que eu! Ela pode viver muitos anos depois de mim. Eu comecei a procurar casas de repouso para comprar uma para ela. Quando precisasse, sendo a dona, teria a certeza de ser bem tratada. Mas não encontrei nenhuma que valesse a pena, que me desse paz de saber que ela ficaria ali. Foi quando tomei conhecimento deste projeto. Consegui levantar um recurso sigilosamente, e fui um dos investidores da Nave. Gostei tanto que acabei decidindo passar um tempo aqui."

Esse "tempo" era o que eu temia. Ele não recebia visitas da família, mas o motorista particular vinha buscá-lo, toda semana, para ficar um dia com eles, normalmente, aos sábados. Era sempre uma preocupação a possibilidade de ele não voltar.

— Nós erramos! Facilitamos demais a vida dos nossos filhos, mas eu sou PAI! NÃO QUERIA QUE MEUS FILHOS PASSASSEM PELO QUE EU PASSEI!!! – o som da própria dor vibrou naquelas palavras. Ele fora surpreendido por esse tanque de guerra que, por fim, atravessou a fumaça e se fez nítido, antes de massacrá-lo.

Foi uma surpresa ouvir esse comentário, ele narrou sua vida para mim sempre com muito orgulho e alegria! Mesmo quando me contou de sua experiência de quase morte aos cinco anos de idade.

Uma criança que, de repente, não conseguia mais fazer xixi e cocô, sentia uma dor lancinante no abdômen e nenhum médico conseguia descobrir o que ele tinha. Após alguns dias, o garoto quase sem vida, o médico pediu autorização para os pais para que o abrissem.

"Pelo menos, vamos saber do que o seu filho morreu" – foi a frase que seus pais ouviram do médico, limitado pelo seu tempo. Não havia recursos melhores naquela época.

Descobriram que suas alças intestinais estavam retorcidas e havia um grave processo infeccioso instalado. Se não o tivessem operado naquele momento, o menino não sobreviveria. Sua vida tinha sido salva por um milagre. Sua vida tinha se tornado um milagre.

Em uma condição em que muitos poderiam assumir o papel de vítima, nenhuma vez eu o ouvi reclamar! Nunca! Nem por uma vez, em uma só passagem de sua longa e árdua jornada, ele se queixou do destino, da sorte, da maldade dos outros, das traições.

Quantos homens que trabalharam para ele o roubaram, e em resposta, ele os ajudou? A quantos criminosos com nome sujo ele deu oportunidade? A quantos caídos em situação de rua ele fez seu motorista parar, para lhe ofertar, pessoalmente, um agasalho ou um alimento? Quantas famílias ele teve orgulho de abrigar e alimentar através da sua empresa?

A sua forma de contar as coisas sempre me trouxe admiração, afeto, orgulho! Eu nunca senti pena dele, nem mesmo quando teve que vender o cavalo do seu falecido pai. A mensagem era: *"Foi assim que me tornei um homem!"*. O que significaria um cavalo diante de um rei boiadeiro?

O homem que, desde os cinco anos, sempre sentiu e superou dores fortes na vida não conseguiu suportar a dor de fracassar com sua família.

FEITO BORBOLETAS

"Não queria que meus filhos passassem pelo que eu passei!" – foi o grito do pai que não precisou deixar os filhos crescerem sem ele.

— Mas o que o senhor passou não fez bem? – perguntei-lhe, convencida do orgulho que ele próprio sentia por sua história.

— SIM!!! – respondeu, incoerente.

— Mas, então, por que o senhor acha que não faria bem a eles também?

O silêncio respondeu. Talvez ele nunca tenha pensado dessa forma. Talvez imaginasse que ninguém era como ele, que qualquer pessoa em seu lugar sucumbiria. Ele era um campeão! Mas o que seria de seus filhos, não fosse a ajuda que sempre lhes dera?

A vida é a perfeição do caos. Não se deve interferir na sabedoria que transforma a célula em um bebê pronto para o nascimento. Seria justo interferir no processo que transforma meninos em homens?

Será que a vida privaria algum de nós do caos que pode transmutar uma condição medíocre em outra, extraordinária?

20. Borboletas

Não se nasce borboleta.

Todas as borboletas, sem exceção, nascem larvas. Rastejam, asquerosas, em busca de alimento. Crescem e se tornam nojentas lagartas, até que tenham consumido recursos suficientes para formarem seu casulo, de onde só sairão quando estiverem prontas para voar e servir!

A natureza é sábia! Como intervir sem causar mudanças drásticas no futuro?

O legado de um pai que venceu o mundo não pode ser a fortaleza que ele construiu, mas a força que o levantou todas as vezes que se viu caído. É o exemplo, a mensagem enviada de quem já está do outro lado da jornada: é possível vencer! Continue!

Todos os seres humanos se arrastaram sobre esta terra, absorveram experiências boas e ruins, recursos necessários para se alimentarem quando o momento chegasse.

Todos formam seus casulos. São os momentos em que nos vemos inertes, sem resultados, por mais que seja possível sentir o impulso de voar, estamos presos, impossibilitados de ir além. Mas a natureza está nos preparando. O sofrimento é palpável, o aperto que nos impulsionará a um salto transformador.

O amor é um grande risco. Se há uma coisa que se deva temer, é o amor.

Você seria capaz de ver sofrer o seu maior amor, podendo "ajudá-lo"?

Teria a sabedoria de confiar à natureza que a perfeição ressurja em meio ao caos?

Ao ajudar uma pequena borboleta a sair de seu casulo antes da hora, ao livrá-la da dor temporária, a matamos para sempre. Não se forma uma borboleta com as próprias mãos! Suas asas não se fortalecerão o suficiente para voar, sua alma não se regozijará do gosto da superação, seu coração não confiará na capacidade inerente de vencer.

O processo é lento, doloroso, grande parte da vida passamos como não mais do que lesmas. A borboleta olha sua cria e sabe que sua luta fora tão árdua para que aquela frágil larva não precise se machucar, sem se lembrar de que a natureza vai conduzir o instinto de cada ser, a seu modo.

Somos feito borboletas.

A natureza humana é inexplicável. Cada um precisa do seu tempo de larva, de lagarta, até que forme um casulo proporcional ao tamanho da força necessária para fazer o que se veio fazer. Alguns casulos são desesperadores. Talvez seja por isso que há homens com situações impensáveis para enfrentar, já que precisarão ser gigantes!

Todo ser humano precisa se respeitar, ter orgulho de si mesmo. Olhar-se no espelho e saber que aquele que lhe reflete é o responsável pelos seus resultados é o merecedor de suas regalias.

Ninguém nasceu para ser o filho do homem, a filha do herói. É um desafio ser descendente de uma referência extraordinária, principalmente se essa referência lhe der mensagens claras de que é extraordinária o bastante para duas ou três gerações.

Seu Luigi cometeu esse erro. Desde a infância, fez de tudo, deu de tudo a seus filhos, inclusive o exemplo. Mas seu exemplo não pôde ser seguido, porque o que trouxe a força ao homem foi a NECESSIDADE, a única coisa da qual ele privou sua amada prole.

O herdeiro do palácio que não o honrou sabe que não o merece. O homem que usufrui sem ter orgulho de si mesmo alimenta a revolta e canaliza sua força em forma de ira, já que essa poderosa energia não encontrou um imenso casulo para destruir.

Como voltar atrás? Como fazer o processo natural ser retomado em uma lagarta velha que talvez nunca faça seu papel?

O quanto poderia doer deixar que o sofrimento fortalecesse o suficiente um ser amado, para apreciar, mais tarde, as cores do seu destino gerando flores e frutos?

Há neste mundo maldição pior do que essa? Ser para sempre a lagarta fracassada, filha da grande borboleta? Como lidar com o dinheiro e o *status* que lhe roubaram a chance de voar?

FEITO BORBOLETAS

Eu já não sentia nenhuma raiva de seus filhos. Lamentava. Olhava para meu casulo, tão apertado, pegajoso... como eu gostaria de me livrar logo dele! Mas conhecia bem meu processo. Sabia que era lá que eu estava e deveria estar, cheia de sonhos e desejos, experiências de fracasso e superação que me abasteceram de recursos para sobreviver à dor. Cheia de NECESSIDADE, que um pai borboleta poderia ter sanado. Ao invés disso, mostrou-me: *"Eu consegui, e tinha condições iniciais piores do que as suas. Você também vai conseguir! Acredito em você!"*.

A frustração nunca me matou, embora ela tenha tentado muito!

Ao contrário, deu-me mais recursos para aumentar a força do meu casulo! Pena que nem todas as larvas tiveram essa minha sorte.

Será que a natureza teria algum salto quântico para reciclar borboletas abortadas?

— Seu Luigi, eu vou precisar dar um tempo na escrita do livro... – anunciei, decidida, depois que a verdade se mostrou cristalina ao dissipar a cortina de fumaça que encobriu parte da história e a memória daquele grande herói.

— Por quê? Agora que estamos indo tão bem?

— Não, o senhor não se preocupe! Não vou deixar de vir aqui, nada disso. Apenas preciso me empenhar em algumas pesquisas, conversar com especialistas, preciso entender o rumo que vou dar para a história.

— Ah, sendo assim, tudo bem! Só não quero morrer antes de ver esse livro pronto!

— Vou fazer o meu melhor, mas, aconteça o que acontecer, eu prometo ao senhor, vou terminar esse livro! – isso era uma garantia. A esta altura, o livro já era uma missão para mim.

— Tenho certeza, mas queria muito vê-lo...

— E eu quero muito que o senhor assine meu exemplar!

— Como você vai publicá-lo?

— Darei um jeito. Tenho minhas fontes... – menti. Na verdade, conhecia poucas pessoas no mercado editorial, nenhuma influente, e sabia bem como funcionavam esses processos longos e cheios de detalhes.

— Eu gostaria de patrociná-lo.

— O senhor não teria possibilidade! Não se preocupe com isso. – ciente de que ele não tinha mais nenhum acesso ao seu dinheiro. – Eu já disse que seria melhor contar à Margarida que estamos fazendo isso!

CRISTIANE PEIXOTO

— Não! Ela não admitiria uma coisa dessas! – era sempre sua resposta, ao que parece, bem consciente de qual seria a opinião de sua companheira de vida.

— Voltarei a vê-lo, em breve! Até quinta-feira, seu Luigi! Espero ter novidades até lá! – dando-lhe um beijo na testa desenhada por tantos sentimentos vividos, muitos certamente esquecidos, parti para investigar o efeito das emoções exiladas nas cortinas de fumaça da alma, a começar pelas minhas.

21. Observador

Nas teorias quânticas, o observador é uma figura que me gera dificuldade para compreender. O que me conforta é que era exatamente o ponto que Einstein também não compreendia. Embora seja considerado um dos pais da mecânica quântica, era muito confuso pensar que o "observador", ou seja, aquele que vê, possa fazer com que a realidade se torne uma coisa específica, ao invés do todo emaranhado e sobreposto que é enquanto espera que alguém olhe.

O que acontece com as coisas quando decidimos, simplesmente, não olhar para elas? O que acontece com nossas dores, nossos arrependimentos e fracassos, quando decidimos ignorá-los e, supostamente, seguir em frente?

"Na essência somos iguais", disse Santo Agostinho. Considerando que tudo é feito da mesma partícula, essa frase deixa de ser puramente filosófica e passa a ser autenticada pelas honras de uma ciência já modelada por inegáveis descobertas. A física já provou que as partículas podem estar em um estado de superposição, no qual elas passam a ser um todo que carrega infinitas possibilidades. Para a frustração dos pesquisadores, nunca uma partícula pôde ser avaliada em seu estado de superposição, porque toda vez que alguém vai olhar e medir o fenômeno, ela decide qual possibilidade vai escolher apresentar. Essa decisão é, também, imprevisível.

Era assim que eu me sentia. Composta por um número quântico de partículas capazes de se tornarem amorfas, por assim dizer, dando à parte delas a liberdade de se tornarem anônimas por escolher não as encarar. "Não olhe", vai deixar de existir. De algum modo, deixou.

Apaguei uma parte do meu passado. Não teria me dado conta disso se alguém não tivesse me revelado. Seu Luigi também estava lá, apagando parte de sua história, apagando, talvez, mais do que gostaria. Será que o sistema, a certo ponto, perde o controle? Será que ensinamos nossa mente a deletar as coisas, já que as partículas que nos compõem se comportam de forma interdependente no entrelaçamento quântico?

Demência. Uma doença tão difícil de explicar, com tantas nuances, cheia de teorias feitas por observadores experientes. Será que observaram se esses pacientes têm em comum histórias ocultadas em cortinas de fumaça, que acabaram se desintegrando em uma superposição infinita, produzindo efeito imediato em outras partículas, que SENDO UMA com o TODO sofreria igual desintegração?

— Maria, preciso de sua ajuda. Desculpe-me por ser domingo e te incomodar com essas coisas, logo você, tão ocupada!

Ela logo percebeu minha aflição. Gentilmente, mas contrariada, cedeu espaço de seus afazeres para me ouvir. Contei a ela tudo o que acontecera e, mais do que o medo por seu julgamento, estava precisando de sua sabedoria, experiência e maturidade. Fez silêncio durante todo o tempo, até que revelou suas conclusões.

— Você está perdida, Paula...

— Não é tão grave assim! Eu só preciso entender as coisas, qual foi a importância que isso teve na minha vida para que tivesse sido deletado? E quanto a todas as outras coisas que eu devo ter deletado também, e nunca vou saber? Estou escrevendo a história do seu Luigi, mas quantas coisas ele já não deve ter deletado, e que seriam peças fundamentais para esse quebra-cabeça? Coisas que mudariam o sentido de tudo?

— Exatamente! Mas a primeira coisa é parar de dizer a si mesma que não é grave, que não tem importância, que não tem perigo! Agora, você vai precisar ir até o fim com isso! Vai ter que encarar de frente o que negou enxergar lá atrás! Você está se comportando como se ainda estivesse lá, Paula! Como se o tempo não tivesse passado! Só que passou! E onde você está, nesse espaço-tempo relativo? – ela tinha compreendido, mas eu ainda não.

— O que eu faço?

— Você sabe. O que vocês impediram de acontecer no passado aconteceu ontem, à distância. Que diferença existe entre materializar isso, se a conexão entre vocês foi tão real?

— Essa está sendo a parte mais assustadora... como foi perfeito! Como ele sabia? Como pode haver tanta ligação? Sempre olhei para trás e nunca me incomodei com isso, tinha deixado de existir, mas de alguma forma, não desapareceu, é uma energia que ainda está presente. Maria, vou precisar descobrir por mim mesma. Vou precisar chegar perto.

— Não posso te dizer o que é certo fazer. Espero que você se guie por sua intuição, mas tome cuidado. Você já se feriu muito, e pode se ferir muito mais agora.

Na segunda-feira, descobri que minha rotina na revista podia ceder espaço a mais algumas tarefas extras. Fui procurar Dra. Silvia, médica neurologista que passa visita na Nave, para falar sobre algumas teorias.

— A senhora acha que é possível que a dor e o sofrimento sejam a origem de todo esse processo de demência?

— Bem... as demências podem ter múltiplas causas, a verdade é que, mesmo com uma avaliação bem completa, é difícil, muitas vezes, estabelecer um diagnóstico preciso. Muito mais difícil é descobrir a causa do problema.

Ela continuou...

"Por muito tempo, acreditamos que os fatores genéticos tinham muita relevância. Descobrimos que a variante épsilon 4 do gene da apolipoproteína E (apoE) é um importante fator de risco para o desenvolvimento da doença de Alzheimer (DA). Entretanto, anos mais tarde, percebemos que a incidência desse tipo genético de DA era baixa, de forma que outros fatores poderiam ser mais preponderantes. Também descobrimos pessoas positivas para APO-E-e4, que não desenvolveram a doença. O que faz com que o mesmo gene se expresse em uma pessoa e não em outra?

Sabemos que a história e o estilo de vida influenciam muito. Como regra geral, baixo nível de escolaridade, baixa renda, nutrição deficitária, sedentarismo e doenças cardiovasculares e metabólicas aumentam o risco de demência nas pessoas. É por isso que nossa recomendação é a adoção de um estilo de vida saudável e ativo, além de manter estímulos cognitivos por toda a vida.

Ainda assim, somos obrigados a nos deparar com muitos casos de demência em pessoas que tiveram uma vida altamente intelectual, financeiramente independentes, fisicamente ativas, que nos deixam sem argumentos. As inferências científicas se enfraquecem e anos de estudo e pesquisa se calam diante de certas observações clínicas.

Mas se você me perguntar sobre sofrimento, arrisco dizer que sim, a grande maioria viveu muito sofrimento. Mas afinal, quem não viveu?"

Ela tinha feito um belo resumo, agradeci por sua atenção e fui me certificar de que meus dentes eram os mais lindos, passando para deixar um sorriso com seu Luigi.

Voltamos ao paradoxo! "Quem não viveu?" Se o sofrimento era comum a todos, por que poderia levar alguns à demência e outros não? O paradoxo estava, no entanto, corroborando minha hipótese: tenha ou não alelos mutantes, tenha tido ou não privações durante a vida, tenha tido ou não sofrimento ou outras doenças... o que vai importar é a maneira que suas partículas vão decidir se comportar, com base no observador, ou seja, em você! Você vai criar sua realidade. Nunca essa afirmação fez tanto sentido para mim. O que restava era pensar em como o aleatório se ordenava, partindo do princípio da incerteza até o desenrolar de uma tempestade bem previsível.

Eu preciso OLHAR!

Tocou meu telefone, era Daniel.

Com dificuldade, aceitei almoçar com ele. Estava certa de que era aquilo que eu precisava, a parte difícil foi fazer as palavras, acostumadas a negar, dizerem sim.

Combinei buscá-lo em seu escritório, no dia seguinte. A tranquilidade relativa de antes desapareceu. O que eu mais pensava era na provável motivação oculta em um convite elegante para almoçar... concretizar o que tinha acontecido, de forma tão real, nas entrelinhas de palavras digitadas em um aplicativo.

O que aconteceu depois foi mais assombroso. Durante o banho, naquela noite, percebi que tinha desenvolvido uma imediata infecção urinária. Lembrei-me dos sinais de quando tive isso anos atrás, mas não restava dúvida! Estava sentindo dor e precisaria de medicação controlada. Mandei mensagem desmarcando nosso almoço, já que esse horário seria destinado a uma visita ao pronto atendimento do hospital.

Passado mais tempo do que seria necessário para curar meia dúzia de infecções, remarcamos. Desta vez, seria um café em uma sexta-feira à tarde. Seria. No período da manhã, ele me avisou que teria um compromisso inadiável, de última hora. Fiquei aliviada, eu tinha percebido, minutos antes, que um novo "impedimento" estranho havia surgido em uma ingrata região... era como se o universo estivesse conspirando contra esse encontro.

O paradoxo de sentimentos era inegável. Gostaria de ter minhas lembranças de volta... Era uma sexta-feira à noite e fui buscar um filme para esvaziar a mente, ver

FEITO BORBOLETAS

se conseguia refletir melhor. Escolhi um que me chamou a atenção pela óbvia razão explícita em seu título: *"Brilho eterno de uma mente sem lembranças"*, protagonizado por Jim Carrey e Kate Winslet.

O filme era um retrato perfeito de como eu estava me sentindo. Durante a trama, lágrimas rolaram sem pedir licença. Imagine se fosse possível remover, através de uma intervenção pouco invasiva, a partir de sua casa, as memórias de alguém que passou a proporcionar dor a você! O sofrimento causado por um romance interrompido fez com que a personagem decidisse "contratar" os serviços de uma clínica especializada em deletar as lembranças dolorosas. Ela escolheu deletar o seu ex-namorado, que ao descobrir que ele (Carrey) tinha se tornado um mero estranho para ela (Winslet), decidiu fazer o mesmo procedimento.

O roteiro se passa na mente do brilhante Jim Carrey, enquanto ele está sendo submetido ao sistema computadorizado que mapeia e deleta, literalmente, os arquivos do cérebro dele que tenham qualquer relação com a amada. Quando acordasse, ela seria apenas uma desconhecida, caso um dia se cruzassem.

Foi emocionante para além do esperado, porque, arrependido da decisão tomada pelo calor do sofrimento, ele lutava, inconsciente, para que suas mais doces lembranças não fossem destruídas. Para que o amor não fosse destruído.

Na cena em que o procedimento está quase encerrado, e a última lembrança da amada está sendo apagada, eles conversam. Dizem coisas que poderiam ter acertado tudo entre eles, se tivessem sido mais honestos consigo mesmos enquanto havia tempo. Cientes do inevitável, combinam um encontro com data e local para que se conheçam e assim, quem sabe, a energia os uniria, o sentimento sobrepujaria a cortina de fumaça, o véu do esquecimento.

Bem, no final... era previsível... Lá estava eu, destruída em lágrimas, desejando me dar a ordem: "Devolva-me as lembranças!", mas concordando com o roteiro impecável do filme, em consonância com o título baseado na obra de Alexander Pope, que se danem as lembranças! O que brilha eternamente nas profundezas de nosso ser é o que sentimos. Essa energia, de algum modo, não se corrompe por mentes perecíveis e adoecidas. *"Por que sente meu coração este amplo e esquecido calor?"*

Já era tarde quando fui me deitar e, apesar de ter sido surpreendida com a atuação dramática de um ator que sempre me fizera rir, o cansaço me conduziu aos primeiros estágios de sono. Naquele lugar entre o sono e a vigília, no qual ainda somos capazes de ouvir ruídos que vão se tornando distantes, e que ainda temos alguma ciência do pensamento que vai tomando rumos alheios à nossa vontade, uma música começou a tocar.

Era como se minha mente tivesse ganhado uma bonificação por minha busca inglória, e uma pequena brecha de lembrança tivesse se aberto apenas naqueles segundos antes do próximo estágio de sono. O dedilhar no teclado anunciava o acorde... a voz única da cantora trazia o tom da sua impecável interpretação. Era uma música de dor, de saudade, de inconformidade...

"Eu não me conformo que acabou assim! Eu não aceito seguir em frente, mas não posso olhar para trás! Antes que eu percebesse, meu coração estava partido! Como não olhar para trás, e tentar descobrir o que fiz de errado? Esse era o meu lugar favorito! Esse era meu amigo! Era nosso lugar secreto... Eu gostaria que você estivesse aqui comigo! Há esperança ainda... Eu posso ver no seu rosto, em nosso lugar secreto... Você não é apenas uma memória! Deixe tudo no passado! Não OLHE! NÃO!

Já chega, vamos para casa."

A música embalava o pensamento paradoxal daquela menina... não era exatamente uma canção de ninar. A dor forte no peito me acordou, violentamente, com a respiração curta. Estivera lá por alguns... segundos? Tempo relativo suficiente. Tinha me recordado daquela canção, de tê-la ouvido tantas vezes, mesmo que não me lembrasse de nenhuma vez, conscientemente.

Não era uma música muito conhecida, apesar da notável fama da cantora. "*This used to be my playground*", de Madonna. Durante todos esses anos, não me lembrava de ouvir nenhuma só vez. Imediatamente, peguei fones de ouvido e digitei o nome no YouTube. Os acordes do teclado...

"*...Esse costumava ser o lugar que eu corria sempre que precisava de um amigo. Sem arrependimentos, mas que queria que você estivesse aqui comigo. Diga adeus ao ontem.*

Essas são palavras que eu nunca vou dizer."

Eu olhei. O observador tirou tudo aquilo de uma superposição quântica oculta pelas cortinas de fumaça do medo. Não importava quantos arquivos pudessem ter sido danificados, estava tudo ali, brilhando eternamente.

22. Lugar secreto

A certeza do que fazer havia se esvaído com a presença de um medo paralisante. Aquela dor não precisava ter saído dos recônditos de um buraco negro que ameaçava puxar tudo para sua órbita. O único agendamento que resistiu foi a mentoria *on-line* que tinha sido parte da primeira edição do curso de *storytelling*, e estava marcada, desde o curso, para a próxima quinta-feira.

Naquela semana, no entanto, haveria a IV Feira de Jornalismo e Publicidade, e Daniel tinha sido convidado para palestrar sobre sua jornada até o Pulitzer, na quinta-feira. Ele enviou mensagem para perguntar se eu preferia fazer a mentoria pela *internet*, ou se poderia ser em seu escritório, já que era caminho para a feira e poderíamos ir juntos.

Marquei às quatorze horas, assim poderia almoçar com seu Luigi, e ainda dava tempo de visitarmos a feira com tranquilidade, depois da mentoria, até o horário de sua palestra, às dezenove horas.

Cheguei na Nave mais cedo do que de costume, antes das honras do almoço. Seu Luigi estava brincando com as crianças, enquanto observava um jovem rapaz fazendo um conserto em um reboque na parede.

— Que beleza!!! Esses dentes são mesmo seus? – saudou-me ao me ver chegar.

— Seu Luigiiiiii!!! Como vai o senhor? – depositei um beijo em sua face e ele retribuiu como de costume, dizendo:

— Agora é minha vez! – levantou-se, buscou me alcançar na ponta dos pés, o que facilitei curvando as costas, e me deu um beijo estalado na bochecha.

— Olá, crianças!

— Oi, tia Paula! Você vai levar seu Luigi embora? – perguntou, Rebeca.
— Não, querida! A tia só veio dar um olá!
— Poxa... e nem vamos conversar hoje? – protestou, seu Luigi.
— Bem que eu gostaria, seu Luigi! Mas eu terei um outro dia daqueles, hoje...
— Aproveite, minha filha! O tempo passa muito depressa. Ontem mesmo, meus filhos estavam assim, como essas crianças... correndo e rindo, brincando sem parar, sem dar sossego. Hoje, os irmãos nem se falam e eu sou um velho desnecessário.
— Não diga isso, seu Luigi! – meu salto próximo à sua cadeira espacial produziu os olhos arregalados de que eu tanto gosto. – O senhor é um homem incrível! O senhor é um vencedor!
— Mas eu perdi o que era mais importante! Veja, menina, veja como são tão frágeis! Como não as proteger?
Ele as olhava fixamente, enquanto a nostalgia tomava conta de seus pensamentos. Ele tinha razão, eu sabia. Era mesmo um perigo olhar para aquelas carinhas de anjo, cheias de vida, e negar-lhes certos desejos, por vezes, o sorriso. Quando menos percebemos, tornam-se jovens incapazes de reconhecer o valor das coisas e de lidar com a frustração, tornam-se, em um estalar de dedos, borboletas abortadas. Era um desafio encontrar um ponto de equilíbrio.
— Você viu esse rapaz trabalhando? – perguntou-me, mudando de assunto. – Ele é ótimo! Um pouco antes de você chegar, isso estava uma sujeira! Ele nem terminou o serviço e já está tudo limpinho! E trabalhando sozinho, hein! Puxa... se eu estivesse à frente da empresa, colocaria esse moço no meu quadro de funcionários! Difícil funcionário trabalhar assim!
— Nossa... o senhor tem mesmo faro para pessoas! Não me admira que tenha tido tanto sucesso! Só não me conformo como não mandava embora os que te roubavam! O João Ladrão, por exemplo! O senhor sabia que ele roubava a firma, até colocou esse apelido nele, e não o mandou embora!
— Ele era um excelente vendedor! Para cada coisa que me roubou, lucrei, ao menos, o triplo com ele! Um dia, ele exagerou... chamei de lado e fiz um acordo. Estabeleci uma meta de vendas para que me devolvesse o que tinha roubado. Ele pagou cada centavo! Imagine se eu o tivesse mandado embora... teria sido prejuízo na certa!
— Não conheço ninguém como o senhor... Bem, preciso ir! Até mais, seu Luigi!

FEITO BORBOLETAS

— Até mais, menina! Crianças, quem quer saber como se faz brinquedo? Deixei seu Luigi com o coro de crianças alvoroçadas fazendo roda ao redor dele para ouvir as histórias de quando trabalhou na fábrica de brinquedos. O homem com demência de Alzheimer sempre guardava uma passagem nova para entreter as crianças e fazer suspense para o próximo episódio de seu *storytelling*. Enquanto isso, lá estava eu... a caminho do meu próximo episódio.

Maria me ajudou a escolher a roupa, mais uma vez. Escolhemos uma *legging* preta, uma bata de tricô salmão sobre um *corselet* preto, e uma sapatilha confortável. A caminhada na feira seria prolongada, considerando que estaria ao lado dele!

Recebeu-me, após ser anunciada pela secretária. Sua postura foi estritamente profissional, apesar do nosso último contato ter sido tão... pessoal.

Sem jeito, sentei-me na cadeira em frente à mesa, ainda mais bagunçada do que da primeira vez que a vi, iniciou o protocolo da mentoria de forma exemplar. Eu correspondi no mesmo tom de seriedade e imparcialidade. Estava tudo em seu devido lugar.

O tempo da sessão foi terminando, comecei a me desconcentrar imaginando como passaríamos daquela situação absolutamente imparcial, para uma outra em que lhe daria carona para um evento no qual passaríamos as próximas horas.

Embora já tivéssemos combinado tudo previamente, foi estranho me levantar da cadeira sem saber o que esperar, se o convite para irmos juntos estaria mantido.

— Você vai à feira agora? – perguntei, antes de sair de lá sem mais nem menos.

— Ah, vou... você também vai? – uma resposta hesitante...

— Sim! – como combinamos, certo? Mas o resto da frase permaneceu oculto.

— Se você quiser, posso ir de Uber!

— Não! Venha comigo!

— Não vou atrapalhar?

— Imagina! Estou indo para lá! – foi estranho perceber a tensão do momento, por uma coisa tão simples...

Entramos no meu carro, digitei o endereço no aplicativo e seguimos. O local era bem próximo, não seria muito tempo de "tensão".

O congestionamento logo na saída de seu escritório permitiu um pouco de conversa leve, assuntos corriqueiros tirados do catálogo de salas de espera. Até que a jornalista em mim resolveu perseguir o *feature*.

— Como você tem se sentido com essa exposição toda na mídia? – ele respirou fundo antes de responder.

— É assustador... As pessoas me param na rua, às vezes, dizem que acompanham meu trabalho, olham para mim como se fossem velhas conhecidas, mas são pessoas que nunca vi, que, com certeza, não me conhecem. De vez em quando, bate um medo. Não sei explicar...

— É como desaparecer.

— Como?

— Desaparecer. Você deixa de ser "eu" para ser "ele", passa a ter de corresponder às expectativas de pessoas que você nem conhece. É um caminho sem volta. Lá na frente, pode acabar se esquecendo de quem é, verdadeiramente. É solitário! Das pessoas ao seu redor, muitas estão por interesse, muitas por ilusão, quantas estão ao seu lado por VOCÊ?

— Como você sabe?

— É só observar. O observador é muito poderoso! Os outros veem em você o que está na imaginação deles e, de alguma forma, você vai corresponder. É quântico. – Sorri, e não pude deixar de notar o quanto as teorias quânticas se encaixam, mais uma vez. Einstein, querido... nunca saberemos se a lua está mesmo lá, quando não estamos olhando.

O silêncio que veio depois não foi constrangedor, ao contrário. Ainda assim, pensei em embalar nossa reflexão com a *playlist* de Kenny G que estava ouvindo antes de chegar ao escritório dele, iniciando com Songbird.

— Gosto de ouvir essas músicas quando eu preciso transcender! Quando busco conexão comigo mesma, com algo maior.

— Eu tinha um lugar secreto na faculdade para isso. Sempre ia lá quando precisava... me encontrar.

A música estava em seu ponto alto, agora.

— Na faculdade?

— No campus. O morro do pôr do sol, como o chamava. Você não sabe onde é?

— Não.

FEITO BORBOLETAS

O ar que saía dos pulmões do saxofonista produziu ondas que transcenderam nossa noção de tempo e lugar.

— Quer ir?

— Quero. – Foi minha resposta, seguida dos primeiros acordes de "*Theme from Dying Young*".

Entramos em outro caminho, sem volta. Fomos em silêncio, a não ser por algumas orientações espaciais, até que eu identificasse os arredores de um lugar tão conhecido.

Uma vez dentro, ele deu as diretrizes até uma viradinha à esquerda, que eu nunca tinha feito, que revelou uma área diferente, um gramado extenso e inclinado em um ponto alto do campus.

Saímos do carro, caminhamos em silêncio até o gramado, observando a vista privilegiada daquele lugar. Em minha mente, comecei a escutar Maurice, como diria seu Luigi, em seu *Bolero de Ravel*. Sentei-me na grama, agradecendo a escolha da *legging* e da sapatilha. Ele se sentou ao meu lado, fitamos o horizonte. Ainda era cedo para o pôr do sol e certamente não haveria prismas, mas as cores começaram a nos rodear.

Deitei-me na grama, olhando para o céu. Ele me acompanhou, deitou-se ao meu lado. A imensidão azul era uma parte do todo que dançava, deformando o tecido composto pela entidade espaço-tempo, atraindo os corpos por consequência natural de seu posicionamento.

Qual a gravidade das ações que navegaram na órbita da relatividade?

Eu não sou ela. Ele sou eu. Somos um. Somos aqueles mesmos, viajantes no tempo em uma quarta dimensão, estamos de volta, estamos aqui, só agora.

O céu azul ganhou duas estrelas: seus olhos sobre meu rosto; as cores estavam todas ali. Esperei, imóvel, pelo inevitável. Um beijo que nunca terminaria. "*Daniel, you're a star in the face of the sky...*" (Elton John).

Lembre-se disso, Paula! Lembre-se disso! Nunca se esqueça disso. Gritava a voz de um profundo eu que procurava guardar a lembrança em partes do cérebro que não seriam alcançadas pela devastação do esquecimento.

Levantamos da grama como adolescentes que foram chamados de volta à sala de aula, sabendo que o tempo não tinha parado para as outras pessoas.

A próxima parada seria uma violenta estação de realidade, que incluía o desempenho de papéis que em nada se relacionavam com o que tinha acabado de acontecer, nem com as pessoas que estiveram naquele lugar.

CRISTIANE PEIXOTO

    Chegando ao local da feira, logo na saída do estacionamento, as pessoas já se aproximavam dele, pediam fotos, paravam para conversar. Fomos sendo acompanhados por vários colegas, até que chegou o horário de sua palestra. Nela, ouvi um resumo do que tinha sido abordado no curso que foi chamado de primeira edição. Isso me permitiu viajar nos pensamentos... a conexão entre nós era pungente.
    Saímos juntos do local do evento, após a palestra. No caminho de volta ao carro, mais pessoas paravam para conversar.
    — Não quero que vá embora! Vamos para minha casa! – convidou-me, após um longo beijo dentro do carro.
    — Não posso! – senti medo.
    Ele insistiu, mas tudo o que consegui fazer foi marcar para o dia seguinte, na casa dele. Gostaria de partir e colocar as ideias no lugar, mesmo tendo consciência de que mais parecia uma fuga. Com dificuldade, ele desceu sozinho em seu escritório e fui embora. Insistiu até o último momento, mas sem êxito.
    — É só até amanhã! Amanhã... – prometi, sem certeza de que poderia cumprir, pois a sensação era de que a espécie de hipnose seria desfeita ao amanhecer.
    Mal consegui dormir naquela noite e acordei com febre e dor no corpo. Precisaria desmarcar. Ao pegar o telefone para avisá-lo, havia uma mensagem dizendo que ele tinha passado mal do estômago a noite toda e ainda não estava bem, que não poderia ir.
    Era impressionante! Aconteceu todas as vezes que tentamos marcar alguma coisa, um impedimento físico, o corpo parecia travar uma velha batalha até vencer, a qualquer preço! Não era apenas uma leve indisposição, estávamos doentes.
    Fiquei aliviada. Eu iria, mas o medo me guardou a salvo de algo que eu não tinha coragem de enfrentar. Isso parecia ser perfeitamente recíproco.
    De onde veio este monstro e como vou deixá-lo em casa para fazer a segunda edição do curso, na semana que vem?

23. Casulo

"Alterações insignificantes nas condições iniciais de um evento podem produzir consequências profundas e imprevisíveis no futuro", prega a teoria do caos. Essa teoria se aplica apenas a sistemas complexos e dinâmicos, mas o que não seria, nesta vida, complexo e dinâmico?

Quais seriam as condições iniciais de qualquer evento, se não o momento presente, o AGORA?

Isso quer dizer que qualquer mudança insignificante que for feita agora construirá um futuro imprevisível, não por ser aleatório, mas porque a natureza complexa da combinação dessas pequeninas mudanças com as demais condições de base que convergem no momento presente produzem uma equação determinada, não aleatória, porém imprevisível.

Traduzindo, cada decisão conta! Cada decisão constrói seu futuro. Cada mínima decisão, talvez até mesmo o calçado que você escolheu sair de manhã, pode criar um futuro totalmente diferente. Estamos desenhando nosso destino a cada novo agora, ou seguimos o fluxo de uma grande teia que sincroniza os eventos para que se encaixem, como um grande quebra-cabeça? Ou seriam as duas coisas, como a luz que pode ser, ao mesmo tempo, onda e partícula?

Eu estava nitidamente perdida.

Quando entrei na Nave, naquela quinta-feira, Creusa tinha um recado.

— Paula, a dona Lídia pediu para te avisar que dona Margarida, a esposa do seu Luigi, e sua filha estão passando visita hoje. – lançou-me um olhar que traduzia o resto da ideia.

— Ah... o que será que devo fazer? – hesitei, pensando se ele conseguiria disfarçar todo o teor de minhas visitas, pensando se eu conseguiria disfarçar...

— Entre, acho que você gostaria de conhecê-las!

— Tudo bem... deseje-me boa sorte! – dizia uma jornalista.

A cada passo em direção ao dormitório, tentava encontrar uma desculpa para o fato de seu Luigi receber a visita semanal de uma jornalista. Nada ocorria em minha mente cheia de subterfúgios.

Apertei o botão de entrada, já sabendo que teria sido anunciada pelo sistema de comunicação, e logo os três pares de olhos voltaram-se para mim. Seu Luigi fez a expressão de sempre, só que silenciando a fala *"Que beleza!"* de todas as vezes. Ainda assim, pude ouvi-la com perfeição. Não fui beijar sua bochecha, como de costume, em vez disso, estendi a mão em um cumprimento formal, apresentando-me às belas mulheres em sua companhia, cada uma de um lado. Dona Margarida e Gisele se apresentaram.

— Passei para dar um olá, seu Luigi, vou até a ala das crianças ajudar na oficina de teatro. O senhor sabe, elas estão ansiosas!

O homem com demência de Alzheimer apenas ergueu as sobrancelhas e apertou os lábios, como sempre fazia quando queria segurar as palavras entre os dentes, demonstrando que compreendera perfeitamente minhas estratégias.

— Sente-se só um pouquinho! Acho que as crianças podem esperar... – seu Luigi lançou seu olhar enigmático, de quem diz mais na comunicação não verbal. As duas apenas sorriram.

— Ele fala muito de você, Paula! – disse dona Margarida, enquanto eu puxava uma cadeira para me sentar em frente a ele.

— Que bom! Costumo ajudar aqui há algum tempo... – quis ser evasiva.

— Eu não gosto que ele fique aqui. Pelo amor de Deus, é um excelente lugar, não me leve a mal, mas ele tem casa e família, entende? Eu tenho idade também, é difícil cuidar dele, ele não para quieto, faz tudo do jeito dele, e andava caindo demais! Tinha dia que nem minha ajudante nem eu conseguíamos levantá-lo do chão, e precisávamos esperar alguém chegar para ajudar... mas ele gosta daqui, gosta das pessoas... – olhou em volta, como quem procurava defeitos.

— Eu não quero ficar em um lugar onde não posso nada!

— Mas já falamos para você! – ela voltou-se para mim – ele insiste em ir à piscina, mas ele tem esse probleminha de escape de xixi e não pode usar a piscina que todo mundo usa! Você acha que dá para usar a piscina que todo mundo usa, desse jeito? – voltou-se para ele, o tom de voz já tinha mudado.

FEITO BORBOLETAS

— A gente poderia mudar para o Monumental... eu poderia voltar a fazer natação de manhã cedo, depois poderia pegar uma sauna, passar pela firma...

Ele foi interrompido por uma risada característica vinda de sua Margarida. Não gostaria de ter que usar palavras para explicar, use sua imaginação.

— Entenda uma coisa, de uma vez! – disse a ele, assim que parou de rir. – Você nunca mais vai àquela academia, nunca mais vai à sauna, e quem mora no Monumental agora é o Zeca! – voltou-se para mim... — Sabe, o Monumental era um prédio em que moramos há uns vinte anos. Tinha uma academia na mesma rua, ele ia lá às seis horas da manhã para nadar, passava um tempão na sauna, ele adora sauna! E quando compramos o apartamento em que moramos agora, o Zeca, nosso filho, divorciou-se, e foi morar lá. Fez uma reforma, deixou as coisas como ele queria, agora mora lá, e ele com essa ideia de voltar... imagine! Além disso, o médico deixou bem claro, ele não pode mais fazer sauna, por causa da condição cardíaca! Ele já cansou de ouvir isso!

— O médico disse: "*O senhor tem que aprender a ser velho. Velho é assim, tem que tomar remédio, não pode fazer isso e não pode fazer aquilo, não pode tomar sauna...*", não gosto daquele médico!

— Ah, ele só gosta de quem faz o que ele quer!

— Bom, mãe, precisamos ir embora. – foi a única fala da filha.

— Sim, já assinei os papéis que vocês queriam. Vida boa, essa menina! – disse, olhando para mim. Eu não soube para onde olhar, tamanho constrangimento.

— Desculpe-me, ele não sabe mais o que diz... – comentou, indignada, dona Margarida. — Tchau, bem. A gente se vê no fim de semana.

— Até logo, dona Margarida, Gisele!

— Até logo, Paula! Foi um prazer conhecê-la!

— Tchau, pai! Tchau, Paula.

O silêncio tomou o ambiente quando a porta se fechou atrás das duas. Mas durou pouco. Quase instantaneamente, seu Luigi começou a emitir um som profundo, vindo de dentro, que demorei a distinguir entre uma risada de soluços e um choro agonizante. Mas era um choro, a primeira vez que ouvia aquele homem chorar.

Não soube como reagir, era tão profundo que ele nem me ouvia.

— Por favor, seu Luigi, não chore! Acalme-se! – aproximei-me de sua poltrona, procurei abraçá-lo, sem jeito, mas o choro não cessou.

Aos solavancos, conseguiu dizer...

— Tenho saudade da minha família! Minha família! Minha mãe, meu pai, meus irmãos! Essa que tenho agora não é a minha família! – chorava um menino que sentia a falta do pai, acima de qualquer outra coisa.

Era caos demais para mim... minhas lágrimas de empatia acompanharam seu choro, segurei suas mãos com força, e ao olhar para elas, a cena ganhou um significado ainda maior. Não eram lágrimas de empatia, mas sim do meu próprio sofrimento. As minhas mãos jovens, entrelaçadas com as mãos velhas dele, corpos em diferentes posições na dimensão do tempo, capazes de sentir dor como se fossem uma só.

Emaranhados na entidade espaço-tempo, naquele singular momento, não havia diferença entre nós.

Quanta dor poderia haver em uma breve conversa? Quantos pontos de vista?

Eu estava impressionada com a elegância, beleza e educação de sua esposa para comigo, mas estava proporcionalmente chocada com a forma com que falou com ele. Por que as coisas tinham que ser assim? Por que ele não poderia usar sua piscina, nem que fosse apenas ele, que era o dono de tudo, inclusive da piscina? Por que aqueles sonhos simples não poderiam ser realizados? Por que um homem como aquele precisaria se ver privado de todas as suas vontades, no fim da vida? Isso era justo?

A fúria foi tomando conta de mim. Se havia alguma dúvida sobre a veracidade das coisas que ele me dizia, eu tinha acabado de ver com meus próprios olhos, ouvir com meus próprios ouvidos treinados.

Ao mesmo tempo, como seria estar na pele dela? Como seria ser essa mãe, cujas decisões compartilhadas ou consentidas criaram duas borboletas rastejantes, e que, justamente por serem tão moribundas, precisavam de máxima proteção? Como seria ser essa esposa, que ansiava por cuidar do marido e cumprir o papel que assumira frente a Deus e à sociedade, até que a morte os separe? Como seria ser essa mulher que tinha sido tão amada, amargar a dura realidade de negar os mais simples desejos do marido, em nome de uma condição tão vulnerável? Será que as coisas eram tão simples para ela – que vivia em um mundo "real" – quanto poderiam parecer para mim e para todos os que conheciam aquele mundo paralelo?

O choro cessou, continuamos ali, com as mãos dadas. Voltei a falar.

— Cedo ou tarde, o senhor vai precisar voltar.

FEITO BORBOLETAS

— Eu sei, mas não quero voltar a dar trabalho. Aqui eu não dou trabalho, aqui me sinto útil. De todo mundo que eu conheci, ninguém progrediu tanto quanto eu! E olha que eu era o burro da família! Mas não tem mais ninguém da minha época que esteja vivo hoje para testemunhar minha história! As empresas em que eu trabalhei, nenhuma existe mais, nem mesmo as construções! Tudo foi derrubado!

"A última empresa em que trabalhei como funcionário foi a Cabos Brasil, seu Joaquim detinha boa parte do mercado, e seus filhos começaram a trabalhar na firma quando moços. Tinha cinco filhos, e eu era de tanta confiança, que ficava encarregado de cuidar da contabilidade e do cofre. Ele permitiu que eu desse aos filhos o dinheiro que quisessem, mas eu não achava certo. Disse a ele que deveria controlar melhor, porque não havia empresa que se sustentasse a longo prazo assim. Os filhos dele ficaram bravos comigo, mas logo depois eu saí para montar minha firma, e não soube mais do que aconteceu com eles, até seu Joaquim falecer. Logo depois, dona Alda também faleceu, e os filhos assumiram a administração da empresa. Um deles caiu nas drogas, outro virou alcoólatra, a menina não queria nada com nada. Os dois mais ajuizados não conseguiram lidar com as perdas e com os problemas deixados pelos irmãos, a firma veio à falência.

Eles tiveram barcos, helicópteros, muitos imóveis, muito dinheiro. Acabaram tendo que pedir emprego na minha firma. Eu os ajudei, mas eles nunca chegaram aos pés do pai.

Você vê, menina? A gente não aprende com os erros dos outros, se eu tivesse aprendido com os erros do seu Joaquim... mas aconteceu igual com minha família, é uma questão de tempo até que meus filhos estejam falidos. A quem eles vão pedir guarida? A gente nunca pensa que vai acontecer conosco."

— O senhor acredita que seus filhos possam mudar?

— Não. Eu não consegui consertar meus filhos.

— Talvez a gente não tenha tanto poder assim, de estragar ou de consertar alguém. O senhor fez o melhor que pôde. - concluí, sem convicção. A receita para um futuro caótico previsível parecia estar bem definida. Era o caos determinístico, não aleatório. Mas aquele homem precisava de paz. Aquele homem merecia paz.

Além do mais, até quando uma pessoa teria a permissão de ser a vítima de circunstâncias perfeitas? Até que idade suas atrocidades seriam absolvidas pela privação, no passado, de esforços construtivos?

— Obrigado, menina!

— Seu Luigi... qual foi a conquista mais importante que o senhor fez na vida?

Ele levantou as sobrancelhas gostando da pergunta, respirou fundo, respondeu prontamente:

— Margarida!

Desta vez, eu é que estava de sobrancelhas erguidas. Não esperava! Ele continuou...

— Nunca pensei que fosse me casar com ela! Foi a conquista mais difícil que fiz, tive que perseverar muito! E eu a amo! Amei a vida inteira, e mesmo hoje, ainda que a gente brigue, eu sei que ela me ama. Ela foi a melhor parceira que eu poderia ter tido, nesta vida.

— O senhor já disse isso a ela?

— Não... eu nunca disse isso a ninguém.

— Nossa... que pena. Ela adoraria saber. Seus filhos adorariam saber o quanto o senhor os ama, e só fez protegê-los a vida toda. Eu sei que não era uma coisa fácil de se dizer na sua época, mas sabe, acho que não é até hoje. Também não deve ser fácil para seus filhos.

— Eu sei. No último almoço que fizemos na casa de praia, meu filho veio perto de mim, tirou uma foto ao meu lado. Eu não saí bem na foto, é claro. Mas ele me olhou de um jeito, disse que era parecido comigo, com os olhos cheios de água. Eu sei que ele tentou dizer mais alguma coisa, mas não conseguiu.

Os olhos dele brilharam, ele falava do fundo do coração. A parte que mais me doeu, nessa hora, foi imaginar que eles talvez nunca soubessem o quanto ele os amava.

A única coisa que foi capaz de fazer o guerreiro entregar suas armas e abandonar a luta, paradoxalmente, foi o amor. Declarar esse amor talvez fosse uma grande mudança nas condições iniciais de uma nova história, produzindo um futuro incrivelmente diferente.

24. Vilarejo devastado

— Maria, preciso da sua ajuda. Não me deixe ir sozinha ao curso, neste sábado. – pedi, ciente do descabimento.

— Paula, você nem deveria ir! As coisas estão fugindo do seu controle! Você não acha que já tem sinais o bastante? Nunca vi uma pessoa ficar doente por causa de um encontro! Uma não, duas pessoas, não é? Ele parece ter a mesma reação patológica! Vocês são tóxicos, Paula! Afaste-se dele, de uma vez por todas!

— Não foi você mesma que disse que eu precisaria enfrentar isso?

— Isso foi antes, Paula, veja o vespeiro que está se formando!

— Formado, Maria! Formado! Vou continuar ignorando? Até quando? E depois, nunca fui de deixar as coisas pela metade! Vou terminar esse curso!

— Não vai terminar aí, Paula. Depois, sempre vai haver o próximo curso, e um próximo, ele só está começando, até quando você vai prosseguir com isso?

Ela tinha razão. Mas eu precisaria ir, era mais uma sensação convicta, senhora de si mesma. Com ou sem Maria, com ou sem razão, eu iria. Não conseguindo obter o apoio de que precisava, e ainda cheia de espaços vazios nas gavetas da memória, enviei um WhatsApp à Cléo. Entre uma ou outra mensagem quebra-gelo, finalmente perguntei:

"*Preciso de uma ajuda sua... Quanto tempo eu namorei com Daniel, na faculdade?*"

A resposta demorou um pouco mais do que eu gostaria para chegar...

"*Por que isso agora, amiga?*"

"*Tem umas coisas acontecendo, nos falamos recentemente e eu descobri que não me lembro de nada, bem... de quase nada do que aconteceu naquela época...*"

"*Também não me lembro exatamente do tempo... talvez uns dois meses. Mas, amiga, o que te faz pensar que essa história teria uma razão de acontecer agora? Não teve naquela época, por que teria agora?*"

Essa mensagem calou fundo. Ela tinha razão... por que agora? Dois meses!!! Se eu juntasse tudo de que me lembrava, talvez não desse uma semana!

Sábado chegou em meio a todo esse paradoxo, sem que eu tivesse tido tempo para repensar minhas expectativas. Ainda achava possível que saíssemos juntos do curso, de alguma forma, essa ideia não saiu da minha cabeça. Seria a oportunidade perfeita!

Cheguei ao ambiente do curso com o coração acelerado. Fui cumprimentá-lo, formalmente. Ele sorriu, olhou de baixo para cima o modelito escolhido (claro, com a ajuda da Maria, mas desta vez, com seu voto vencido), um vestido de renda mais curto do que de costume.

— Acho que você vai passar frio... o ar está muito forte aqui! – seu tom era cuidadoso e sarcástico.

— Acho que tenho condições de enfrentar a temperatura externa... – aproveitando a carona do sarcasmo.

Apesar da mistura inebriante de sensações, prestei muita atenção ao conteúdo do curso. Fazia muito sentido, alguns elementos seriam muito úteis na hora de "maquiar" a escrita do livro do seu Luigi. Nada totalmente novo, mas revisitado com um olhar mais maduro e experiente. Tudo aquilo que sempre me colocou em posição contrária agora se fazia conveniente. Que ironia... era esse o grande problema: agir por conveniência. Era tudo de que se tratava a tal PNL e essa conversa de construção da narrativa cuja finalidade é conduzir o pensamento.

Os conceitos eram fascinantes, mas não me pareciam éticos, embora se construíssem sob o discurso das boas intenções e da ajuda ao próximo. Talvez "ao próximo" objetivo pessoal.

Um dos livros mais "honestos" que pude encontrar estudando esse assunto foi o dos autores Robert Greene e Joost Elffers, *As 48 leis do poder*. Eles apresentam a ideia de que "o mundo é como um imenso e dissimulado cassino, e todos nós fazemos parte dele". Eles têm orgulho de apresentar o manual da arte da dissimulação. Citam vários episódios da história e personalidades marcantes, como Nicolau Maquiavel, que disse que "o homem que tenta ser bom o tempo todo está fadado à ruína entre os inúmeros outros que não são bons".

FEITO BORBOLETAS

Dentre as 48 leis, estão títulos como *Faça com que os outros trabalhem por você, mas sempre fique com o crédito; Aprenda a manter as pessoas dependentes de você; Banque o amigo, aja como espião; Não se comprometa com ninguém; Represente o cortesão perfeito; Pense como quiser, mas comporte-se como os outros; Evite seguir as pegadas de um grande homem.*

Conceitos da PNL como *rapport*, modelagem e ancoragem eram tão semelhantes em conceito a tudo isso que eu os repugnava. Não seria exatamente esse o sentimento, o pensamento e a intenção de uma borboleta abortada, que cansara de rastejar e quer que todas as pessoas do mundo se sintam como lesmas para aplaudirem suas pseudo asas?

Dentro de mim, dizia a voz: quero ser fadada à ruína dos bons, sr. Maquiavel, quero seguir as pegadas de um grande homem, porque eu posso voar de verdade.

Seria possível uma pessoa viver de forma dissimulada para conseguir o que quer e usufruir dos louros de forma genuína? Tem uma lei não mencionada que serve a todos nós, que garante que se colhe o que se planta. Se os fins justificam os meios, os meios conduzem aos seus respectivos fins, portanto meios falsos levam a falsas conquistas. O vazio é o prêmio dos que chegam ao pódio da dissimulação.

Ao final do curso, a expectativa tinha dominado a viagem sobre o bem e o mal da comunicação, e eu estava no meio do meu próprio dilema. Haveria algum sinal? Aquela conexão pungente entre nós se materializaria?

Fiquei esperando a sala esvaziar um pouco, percebendo as oportunidades que poderiam surgir, mas ele não ficou sozinho, em nenhum momento. Precisei me levantar, não podia continuar, Maria estava a minha espera. Aproximei-me para a despedida, acreditando que ele diria qualquer coisa, pediria para eu esperar, faria sinal de fumaça que eu facilmente entenderia. Tudo estava planejado, exceto a indiferença que ele demonstrou.

— Tchau, Paula.

Sem beijo no rosto, sem mão na cintura, sem foto, sem hesitação. Tchau. Os dois colegas ao seu lado o acompanharam na breve despedida, virei as costas e fui embora.

As palavras de Cléo zuniam em meus ouvidos, dentro da cabeça. *Por que agora?*

Caminhava apressada para o carro, como se a cada passo eu estivesse menos exposta e mais distante daquela fria realidade. Mas ela seguia comigo.

CRISTIANE PEIXOTO

Assim que o carro estava fora daquele estacionamento, fui atingindo a velocidade máxima permitida, como se pudesse regressar ao ponto de partida o quanto antes. Uma sensação pavorosa começou a tomar conta de mim. O coração sentia um aperto cruciante, a garganta parecia fechar a saída de qualquer som, não conseguia falar. Abri a boca em busca de ar, aos solavancos. Em segundos, comecei a puxar o ar em agonia asfixiante.

— Paula, acalme-se, encoste o carro devagar. Você está tendo uma crise de pânico. – disse Maria, com a calma de quem já lidou com inúmeras situações aterrorizantes. Obedeci, ciente de que ela estava certa. Nunca tinha acontecido antes, mas eu estava tendo uma crise de pânico ao volante, e nossas vidas estavam ameaçadas. Ela continuou: — Isso... agora me deixe assumir a direção, vai dar tudo certo. Vamos com calma! Respire... esvazie a mente, apenas respire...

Por mais livros, áudios e práticas de exercícios respiratórios e controle da mente que eu já tivesse contemplado, nada teria me preparado para aquilo. Um choro indescritível veio logo depois.

— Você precisa se concentrar! Precisa se acalmar! – dizia Maria.

A voz ecoou para libertar um choro alto, profundo, a sensação era apavorante. Era uma dor e uma força que vinham de dentro, talvez do baixo abdômen, como um vulcão tranquilo que tivesse entrado em erupção, destruindo tudo que havia sido construído em seu belíssimo entorno. Era como águas lodosas escuras que tivessem sido libertadas por um abalo sísmico que rompeu suas barragens, e agora corriam faminatas e descontroladas para devastar o doce vilarejo de camponeses que viviam, desavisadamente, em paz.

Onde estava isso tudo? O que é isso? Sinais do monstro haviam sido percebidos, mas nada se comparava a vê-lo face a face, em toda sua horrível dimensão. Como pude viver todos esses anos sendo a hospedeira desse gigante adormecido, que só fez apodrecer com o tempo?

A cortina de fumaça havia me impedido de enxergar que nada tinha sido superado, nada tinha sido perdoado ou compreendido. A oportunidade de aprender e crescer tinha sido deletada junto com as boas lembranças, tornando cegos e surdos os soldados que lutavam por evolução, tornando a dor imortal e invisível, pronta para seguir sua rota de destruição.

Maria silenciou por uns minutos. Era assustador presenciar aquela catástrofe. O que teria provocado aquilo tudo?

FEITO BORBOLETAS

— Continue, Paula. Deixe isso sair! Procure por mais, deixe sair tudo agora mesmo.

Ela tinha razão, era o melhor a fazer. Prestei atenção na dor, nas partes do corpo mais afetadas, no som que saía da boca, talvez até dos poros, nas lágrimas abundantes e livres que escorriam em múltiplas direções, no calor que minha pele emanava em resposta a uma profunda agitação, no arrepio de mal-estar pelo corpo todo.

O choro foi parando sozinho, quando a fúria das águas turbulentas estava satisfeita com o espetáculo. Era como se aquela represa mórbida tivesse sido drenada o bastante, mas não esgotada. Sentindo cada molécula do meu corpo transitar entre tensão e relaxamento, absorvia completamente o momento. Nada mais seria ocultado, vamos viver isso com atenção plena.

Seria olhando bem de perto, e não fechando os olhos, que o amanhã poderia trazer a paz de volta ao vilarejo.

25. Playmobil quebrado

— Você precisa de ajuda, Paula. – A seriedade no tom de Maria deixou claro seu recado urgente. Assenti.

Não havia espaço para dúvidas, não poderia esperar. Eu sabia que poderia me perder nas ruínas das mentes doentias, em uma questão de tempo. Seria demais ter que enfrentar isso, além de tudo.

Sabia que Norberto, meu editor-chefe, tinha passado por um tipo estranho de terapia, que ele considerou milagrosa, mas na época não dei nenhum crédito. Ele até tentou explicar quando queria me convencer a fazer uma matéria com os terapeutas que aplicaram a técnica nele. Cheguei a fazer uma visita a uma sessão coletiva, mas além de não entender nada, precisei me segurar para não rir. Não aceitei a matéria, não seria ético.

Lá estava eu, precisando de algo "milagroso" e excêntrico para lidar com uma coisa desconhecida que me dava até vergonha de conversar com qualquer terapeuta convencional. Pensar em procurar um médico me parecia precoce e imaginava que não haveria um só estudo na literatura científica médica que apontasse as diretrizes para o tratamento de represas podres fantasmagóricas devastadoras.

Eu não precisava de análises nem de exames, não precisava de ninguém para me apontar um raciocínio lógico ou uma visão de fora. Precisava investigar uma energia, uma realidade paralela, um tipo de superposição quântica que produzia o decaimento radioativo sob o olhar do observador, gerando destruição em massa em razão do caos determinístico.

Peguei o telefone da terapeuta de constelação familiar com o Norberto, alegando que uma amiga havia pedido uma indicação. Clichê.

Maria achou muito bizarro, sugeriu que eu marcasse primeiro um simples mapa astral, já que eu queria seguir a linha do socorro intergaláctico.

A partir de agora, gostaria de deixar registrado meu pedido de desculpas a todos os terapeutas intergalácticos. Sou jornalista, não entendo nada dessa ciência, posso relatar minha experiência como total ignorante do assunto. Procurei fazer uma pesquisa para entender minha própria análise, mas obviamente fiquei mais confusa e me dei conta de que o assunto era mais complexo do que eu previa.

Cheguei à consulta com uma especialista muito bem recomendada por outra amiga. A ansiedade era evidente, era excitante pensar que passaria duas horas ouvindo sobre o que os astros diriam sobre mim e minha vida, só por eu ter nascido naquele dia e horário.

Estava disposta a não dizer nada, justamente para saber se o mapa revelaria mesmo toda a história: "estou vendo aqui, na casa 7, um monstro lodoso está agendado para devastar seu vilarejo em 3... 2... 1..."

Estava pagando para me ver debochando de mim mesma, a que ponto havia chegado! Com todo respeito, acreditava muito nessa teia universal, mas não que seria tão simples somar os números relativos ao nascimento e diagnosticar a vida, o futuro. Já estava começando a me sentir desconfortável e antiética. Mas o adjetivo "desesperada" falou mais alto, e eu me sentei para ouvir. Vamos aos planetas.

Preciso ser justa, foi surpreendente. Ela discorreu sobre meus dilemas pessoais, meu caminho profissional, minhas mais ousadas aspirações de fazer a diferença no mundo estavam explicadas pela posição de certos astros e seus satélites no meu mapa.

Ela se regozijava, "nunca vi alguém vivendo tão perfeitamente o seu mapa". A frase me parecia um pequeno troféu. Havia um número presente na maior parte das minhas casas, o número doze. Não entendi muito bem, mas era como o número que apontava meu destino. Era como se todo o universo me conduzisse àquele número, era como se ele representasse minha missão, meu propósito. Mas ela via que eu ainda não tinha chegado lá, mesmo assim, todas as forças estavam me conduzindo àquela direção!

Quase terminando a leitura do mapa, nenhum Godzilla havia sido detectado, nem mesmo no lado oculto da Lua. Precisei perguntar, sem jeito, sobre

FEITO BORBOLETAS

um rapaz do meu passado que tinha voltado a incomodar. Ela fez a pergunta essencial para desvendar todo o mistério: sua data de nascimento.

Por incrível que pareça, eu sabia dizer a data de nascimento, até porque tinha uma relação com a minha. Essa informação não tinha sido devastada, provavelmente porque meu grau de conhecimento na época a classificou como "inofensiva" ou "não inflamável" em meus arquivos mentais. Quem diria que seria tão perigosa?

Ela fez algumas perguntas, contei sobre nossas tentativas de encontros que acabaram em patologias mútuas. Um tipo de doença sexualmente transmissível, só que sem sexo. Começou a fazer uma série de cálculos, depois começou a checar algumas casas no meu mapa. Sua expressão facial começou a me gerar inquietação.

— Não é possível...

Pronto. Revirei os olhos.

— Não acredito...

Não. Não.

— Veja bem, agora estou entendendo o porquê de vocês ficarem até doentes! A ligação entre vocês é tão forte que, se vocês se relacionassem, seria uma explosão energética! Só que você não vai se ver livre dele tão fácil. Prefiro não dizer muita coisa, mas se você não deseja seguir em frente com essa história, eu não gostaria de estar no seu lugar!

— Como assim? Por quê?

— Querida, ele tem o número do seu destino! Olhe aqui... – mostrou-me as contas que fizera. – Ele é número doze!

Em vez de ajudar, só piorou! A pior parte foi a expressão de pena da terapeuta depois disso tudo. Eu não consegui traduzir, mas não era bom presságio. E aquela incrível coincidência? Já era demais! O número do meu destino...

Quem sabe a tal da constelação familiar clareasse mais, esclarecesse as coisas, milagrosamente?

A sessão estava agendada para o dia seguinte. Seria uma busca intensiva por informações de procedência duvidosa. Quase um fim de carreira para alguém como eu.

A recepção da terapeuta quebrou minhas resistências. Uma total desconhecida caminhou calmamente em minha direção, com um sorriso que revelava a paz que eu daria qualquer coisa para resgatar. Ao menos ela tinha o que eu buscava. Talvez me ajudasse a chegar lá, mas por ora, era um sorriso que eu não poderia retribuir.

Já conhecendo todas as etapas, pareceu não se importar com o rosto tenso que espelhava o seu oposto, e me envolveu em um abraço surpreendente.

— Sou Olívia, seja bem-vinda, Paula.

Ela me conduziu a uma sala pequena e aconchegante, apontou-me uma cadeira e se sentou ao meu lado.

Eu não sabia o que esperar. A primeira e única experiência que tive com constelação familiar tinha sido muito estranha, fora de toda lógica que eu conhecia a respeito das terapias. Parecia uma aula de dramaturgia, pessoas eram escolhidas, aleatoriamente, da plateia, para ajudar com os problemas de alguém especificamente. Sem se conhecerem, as pessoas eram incentivadas a assumir um lugar confortável no "palco". Devo ter piscado muito devagar, algumas vezes, porque quando me dei conta, um já estava chorando, outro sentia dores, outro queria bater no total desconhecido... um horror.

Eu não fazia a menor ideia de como aquela doce criatura à minha frente, naquela sala pequena, poderia criar o espetáculo todo.

A primeira coisa que ela fez, no entanto, foi me pedir para falar.

— O que trouxe você aqui?

Ah. Que interessante. Por acaso, tem mesmo uma razão. A pessoa que tinha chegado para a sessão de mapa astral, no dia anterior, decidida a falar o mínimo para testar o poder do processo todo, ficou em casa. A que veio a esta sessão abriu a boca com todas as letras, construiu uma narrativa completa e dramática, aos soluços.

A história tinha sido sintetizada por anos de especialização na escrita de matérias cujo espaço restrito fazia cada preposição importar. Em poucos minutos, uma novela havia sido exposta sobre aquela mesa quase vazia. As reações empáticas de Olívia alimentavam a dor, ela estava mesmo compreendendo o grande problema.

A única coisa que não foi dita: o diagnóstico da astróloga – você está perdida! Ou não queria estar no seu lugar, o que dá no mesmo. A história do número do destino e todo o resto. A esperança era que Olívia chegasse a uma conclusão totalmente diferente, por si mesma, conforme a mágica das constelações.

FEITO BORBOLETAS

Terminado o relato, Olívia se dirigiu à cadeira atrás da mesa.

— Bem, vamos começar... – puxou um saco transparente cheio de... bonecos Playmobil.

Que desastre. Minha última esperança se fora... agora vamos brincar com Playmobil! Passou um filme da minha vida diante de meus olhos... e esse filme terminava comigo pagando a uma desconhecida para brincar de Playmobil.

Enquanto ela se organizava (só faltava puxar a casinha e o carrinho debaixo da mesa), eu ficava tentando elaborar um novo plano. Para onde correr, agora? A sorte era que estava triste demais para cair na gargalhada, ali mesmo. Não fosse por isso, desta vez, não escaparia.

Minha mente parou de trabalhar, em protesto. Parei de dar atenção, mas, por pura educação, fui seguindo os passos que ela solicitava...

Ela pegou vários pedaços pequenos de papel, nos quais anotava coisas sem me deixar ver... era o amigo secreto do Playmobil! Espalhou os papéis sobre a mesa (agora estava claro o porquê de ela estar quase vazia – era o *playground*), pediu para que eu escolhesse um dado número de bonecos femininos e um dado número de bonecos masculinos. Depois, pediu para que eu colocasse um sobre cada papel. Teve uma outra etapa, também aleatória, vou poupar os detalhes, mas quando terminei de posicionar os bonecos e ela começou a ler os papéis, começou a fazer aquelas expressões medonhas da astróloga.

Não. Não.

Levou a mão à boca... olhou-me com pena! Não! Isso não! Era só o que faltava.

Começou a me revelar quem era quem ali, na peça, e me mostrou que Daniel possuía o meu amor e meu futuro. Que a nossa ligação era muito forte, que eu não me livraria dele facilmente. O pior foi quando ela disse que ele estava depressivo. Quanto a isso, tive que negar!

— Ele vai muito bem, não tem nada de depressivo!

— Veja, olhe o Playmobil que o representa: está curvado! – apontou o Playmobil Daniel que estava com o corpinho inclinado à frente. Só que ela se deu mal se pensou que eu era uma novata com Playmobil!

— Esse Playmobil está com o parafuso frouxo! Eu brinquei demais com Playmobil, eles têm um parafuso que dá a mobilidade das perninhas, este aqui só está frouxo. Se arrumar ele assim, fica retinho... – toquei no boneco para arrumar sua "postura", mas ele não parou ereto. Ficava tombando à frente. Por mais que tentasse, o Playmobil não endireitava. – É... está quebrado mesmo. – concluí.

— Vamos ver o que acontece se colocarmos Daniel ao seu lado...

Não. A risada quase explodiu. Meu Deus... sério isso?

Ela pegou o boneco e o colocou ao meu lado, quero dizer, ao lado da Playmobil Paula. Não encostou na boneca, apenas posicionou ao seu lado.

O boneco ficou reto.

Meu Deus... o que é isso? Olívia se assustou de um jeito que eu não esperava para uma terapeuta. Parecia estar vendo um fantasma. Eu fiquei assombrada, mas eu era a paciente ali, por acaso ela não sabia que o Playmobil fazia isso? Eu é que nunca soube que tinham essa propriedade, por isso são tão caros!

Não conformada, comecei a cutucar as costas do Playmobil para ele tombar de novo. Um parafuso frouxo era um parafuso frouxo! Certamente, daria defeito outra vez. Nada. Cada toque meu nas costas rígidas e eretas dele fazia Olívia engolir mais um tanto de ar, embasbacada.

— Não é possível! Não é possível... – eu cutucava e cutucava...

— Vamos ver o que acontece agora, se a gente o afastar de você... – Olívia levou o Playmobil Daniel para longe, colocou-o devagar sobre a mesa e soltou.

O boneco tombou.

— Meu Deus!!! – agora quem engolia um tanto de ar era eu. Era inegável... esse Playmobil Daniel estava enfeitiçado.

— Paula, ele está deprimido e, pior, ele tem seu amor e seu futuro, e precisa de você para se sentir bem. Você está perdida! Eu não gostaria de estar no seu lugar...

Eu não tinha mais nada para fazer ali... foi informação demais para mim! Fui embora mais confusa do que cheguei, sob o olhar de pena da terapeuta.

Não pude esperar o dia seguinte, precisava muito verificar se aquilo era verdade, se ele estaria deprimido. Enviei uma mensagem simples:

"*Você está bem?*"

Não demorou para me responder, apesar de já ser tarde.

"*Sim, tudo bem. E você?*"

Não contei a história ridícula e confusa sobre minhas aventuras no desconhecido. Fui conduzindo uma conversa perspicaz e cheia de armadilhas – legado da profissão e do *storytelling* – até que ele começou a me contar sobre uma pessoa que o estava deixando triste. Por alguns minutos, pensei que ele falava de mim. Mas logo a história começou a não encaixar, e apesar de não ter me dado um nome, ele estava falando de uma pessoa que conheceu nos Estados Unidos, uma história antiga.

Para mim, tudo se resumiu a duas frases dele, a primeira no meio, a segunda ao final de nossa conversa:

"*Eu gostaria de dormir agora e só acordar daqui a seis meses.*"

Sim, ele estava com humor deprimido.

"*Sempre haverá histórias nas nossas vidas, mas elas vão chegar e vão passar, como sempre passaram. A nossa história, não. Nossa história permanecerá.*"

Só que, a esta altura, eu já não precisava ouvir mais nada.

26. Fotografia

Por que as pessoas gostam tanto de fotografia? Em qualquer linha editorial, a imagem sempre é parte integrante do que compõe o sucesso da matéria.

Há momentos na vida em que a gente daria tudo por uma única foto, quando as lembranças ficam distorcidas ou emaranhadas em tons de castanho em nossas velhas sinapses. Talvez o maior medo do ser humano seja perder suas memórias, ainda que ele não se dê conta disso, enquanto goza de plenas faculdades mentais. De que valeriam as fotos se não existissem registros em nossa mente para que signifiquem muito mais do que uma simples imagem?

Uma fotografia tinha mudado a vida de Daniel Valentim. A essência que ele ajudou o mundo a enxergar através de suas lentes tinha feito com que ele próprio se resumisse a uma imagem de porta-retrato.

Era sábado, estava me dirigindo à Nave para o seminário musical das crianças. O clima era de festa! A decoração para o evento tinha sido totalmente feita pelos idosos, a maioria da ala V-IV. Pareciam profissionais. Portando meu equipamento de registro de imagens que talvez um dia percam totalmente o sentido, fotografei tudo. Gostaria que estivessem lá, caso a memória falhasse.

O núcleo estava magnífico! Dava a sensação de que uma empresa especializada em montar estruturas gigantescas tinha passado dias transformando aquele ambiente em um teatro octogonal, sob a cápsula de um foguete.

— Olá, querida! – recebeu-me, Lídia.

— Olá, Lídia! Nossa... não tenho palavras! Que coisa maravilhosa! – fui discreta e não perguntei, mas ela parecia ter pressentido minha curiosidade.

— Você sabe que isso tudo é feito por nós! Adoramos palco! É uma linda representação da vida.

— Uma representação da vida? – ainda mais curiosa, já que, em minha concepção, o palco é um lugar para se encenar, vestir máscaras, representar, "contar histórias", e não imaginava que aquela mulher tivesse essa representação da vida. Com ela, aprendi grandes verdades.

— Na vida, não há espaço para ensaios, querida. Quando você está lá, precisa dar seu máximo, não terá outra chance. Cada momento é uma cena que se encerra, dando vez a outras, algumas mais felizes, outras mais tristes, mas a oportunidade de fazer o que se deve fazer dura apenas um segundo.

Senti um nó na garganta. Lutando contra ele, perguntei.

— E quando a gente percebe que cometeu erros em cenas passadas, e esses erros estão trazendo consequências para as cenas presentes? Como consertar isso?

— Essa é a principal inquietação do mundo. Todos ganhamos novas lentes com a maturidade, e nos entristecemos quando olhamos para nossa história, compreendendo que não faríamos certas coisas da mesma forma. Ora, querida. Isso é injusto! Julgar o que você fez pelo que enxerga hoje com lentes não disponíveis na época...

Ela tinha razão, mas não era bem esse o caso. Resolvi mudar de assunto e não ter que explicar, e aproveitei para sanar o resto da curiosidade.

— Como vocês conseguiram montar tudo isso?

— Nosso palco foi projetado para virar um baú com rodinhas quando desmontamos suas partes, quatro baús contendo a estrutura de aço, treliças, cadeiras e tripés. A gente só empurra do subsolo para cima e, quando abre, é um grande trabalho de formiguinha. Todos já conhecem o *layout*, o equipamento, fica tudo pronto em poucas horas. As meninas da ala V-IV seguem com a decoração, que já fica pronta dias antes, é bem simples!

— Imagino... tudo é simples aqui.

— Tudo é simples, querida. Mas nada é fácil. Tudo requer disciplina, dedicação, planejamento e organização.

— Seu Luigiiiiiii!!!! – ele vinha pilotando sua cadeira espacial com uma camisa azul de botão, calça e sapatos sociais. – Como o senhor está lindo!

— Que beleza!!! – olhou em seguida para Lídia, como se pedisse sua aprovação.

FEITO BORBOLETAS

— Uma beleza, mesmo! – respondeu-lhe, sorrindo. — Com licença, vou recepcionar nossos convidados.

— Sua família vem hoje, seu Luigi? – ele me olhou entortando a boca, dando forma à negativa.

— Você acha que alguém iria se dispor? Mas e você? Veio sozinha?

— Sim... este é um momento que merece minha atenção plena! Não perderia por nada!

— Vamos, sente-se ao meu lado, nossos lugares estão logo ali.

Diante do palco, uma área para as cadeiras espaciais e seus acompanhantes. A disposição circular das cadeiras fazia com que todos os assentos proporcionassem boa visibilidade. A claridade natural do dia penetrava pela abóbada de vidro, mas não por muito tempo, já que Maurice daria início ao espetáculo. Neste dia especial, sua chamada era para anunciar o breve início dos trabalhos, e a marcha era para que as pessoas assumissem seus assentos.

Todos contemplavam o ritual do pôr do sol em meio às múltiplas cores, que apesar de naturais, estavam ali por puro desejo, estudo, planejamento e ação do homem.

Lídia deu início ao seminário, com uma narrativa impecável sobre o poder do meio em que se vive. Qual seria a sina daquelas crianças, caso não tivessem cercadas de beleza, limpeza, amor e conhecimento? Qual seria o ambiente de idosos que trilharam um longo caminho da doença, se não tivessem encontrado o suporte dos que valorizam sua trajetória integralmente?

Há tanta beleza no mundo, e o olhar do ser humano pode se voltar totalmente para suas mazelas. Cercado de pessimismo e desesperança, o que pode sair dele que não seja sombra? Lembrei-me dos *dementadores*, de J.K. Rowling. Lídia tinha razão, a autora retratou, nesses macabros personagens, a alma coletiva de trevas da humanidade. O mundo estava cercado dela, e acredite, pode ser muito difícil escapar do beijo voraz do sofrimento quando se desvia os olhos das múltiplas cores da luz.

A primeira peça musical foi feita por Rebeca, a garotinha de sete anos que tinha se apegado ao seu Luigi quase tanto quanto eu, já que o estimava tanto que nem concebia a hipótese de que alguém ali gostasse mais dele do que eu. Quem sabe, nem mesmo fora dali.

Ela tocou *What a Wonderful World*, escrita por Bob Thiele e George David Weiss, no teclado. Foi acompanhada pelo vocal da professora de música da Nave,

Natália. A letra resumia o espírito de contemplação das coisas mais simples do mundo, da vida, que era compartilhado na Nave.

As crianças apresentaram várias peças, entre elas, Lídia proferia palavras breves e certeiras para destacar as razões da escolha do repertório, uma história de superação em particular ou mesmo para uma narrativa sobre fatos não muito conhecidos a respeito dos compositores e seus desafios vencidos. Um banho de inspiração, com *shampoo* e condicionador.

Lágrimas faziam parte dos aplausos! Era incrível ver tantas crianças que poderiam estar nas ruas, desenvolvendo tamanha aptidão e sensibilidade. Era especialmente mais incrível ver dezenas e dezenas de avós e avôs sorrindo e vibrando por suas dezenas e dezenas de netos e netas, provando que a ausência dos laços de sangue não faz a menor diferença diante da força dos laços de amor.

Os *flashes* das câmeras profissionais da equipe voluntária na cobertura do evento acendiam sinapses inquietas em minha mente.

Eu não tinha fotografias da época que fora deletada de minha vida. Não me lembro se algum dia teriam sido tiradas, se as teria rasgado. Nenhuma lembrança da garota e do garoto juntos, sorrindo para um "x".

Olhei para o grande homem ao meu lado, desci os olhos para seus sapatos descansando sobre o suporte móvel de sua cadeira espacial. Quantas pegadas ele deixara para pessoas como eu, como Rebeca, Alice, João, Mário, Lucas, Daniela, Priscila... seguirem. Exceto, ao que parecia, seus filhos, e claro, os que preferissem seguir as 48 leis dos contadores de historinhas. Entretanto, quantas "fotografias" haviam sido perdidas em sua memória, na tentativa de apagar a luz da dor?

Voltei a contemplar o rosto, o sorriso vaidoso do avô de coração de tantas crianças talentosas me fez sacar a câmera do celular, por fim, capturei aquele sorriso de menino nos lábios velhos, que até então não se permitira registrar. Sorri, com a certeza de que aquele semblante já teria se impregnado em minhas conexões, sem que fotografia alguma se fizesse necessária. Por via das dúvidas...

Acompanhei seu Luigi de volta ao seu dormitório, logo que as crianças desgrudaram de seu pescoço quadriculado.

— Foi uma linda noite! Obrigada, menina! Não precisava ter me acompanhado, já é tarde para você voltar.

FEITO BORBOLETAS

— Não se preocupe! Na verdade, queria muito mostrar uma coisa ao senhor. – desbloqueei a tela de pesquisa web que tinha feito antes. – Veja essa fotografia. – entreguei o celular nas mãos dele.

Ele fez a expressão que eu imaginava. Levantou as sobrancelhas, arregalou os olhos, apertou os lábios.

— Puxa... muito linda.

— Esta é a fotografia que venceu o Prêmio Pulitzer no ano passado. Sou colega de faculdade do fotógrafo.

— Que bom para ele!

— Sim, é mesmo bom. Ficou muito famoso com ela.

— Não, menina. Bom para ele ter sido seu colega de faculdade. Eu gostaria de ter tido essa chance... – riu.

— Puxa, o senhor sempre me surpreende!

— A fama e a glória que esse prêmio possa ter trazido não podem valer mais do que esse sorriso lindo seu!

— Ora, seu Luigi! Essas são as palavras de um homem bastante suspeito! Sabemos que o mundo não funciona assim!

— Está certa, é por isso que eu estou aqui dentro, não lá fora. Aqui dentro, essa foto pode ser vista todos os dias, de ângulos ainda melhores e mais belos! Essa foto é muito triste!

O homem com demência de Alzheimer tinha razão. Um bom fotojornalista documentaria maravilhas ali.

— Triste mesmo é a história da foto. – comecei meu relato.

Era para ser a cobertura de uma matéria para o *The New York Times*. Joseph A. Madison, de oitenta e cinco anos, seria removido do residencial sênior em que vivia para uma clínica de suicídio assistido na Suíça, já que nos Estados Unidos, assim como no Brasil, essa prática é proibida.

Sua viagem seria acompanhada pelo filho único do viúvo, mas naquela tarde, a nora e as duas netas gêmeas idênticas, Ashley e Crystal, de dez anos, foram se despedir do avô.

Sua história teria sido como a de qualquer outro José na face da Terra: incrível! Vitórias, fracassos, superações, traições, reviravoltas inesperadas, desfechos imprevisíveis... o caos. Olhando de longe, um velho clichê. Aproximando o olhar, a vida intrigante de um homem que decidiu que partir deste mundo seria a melhor opção. Para que ficar esperando para descobrir o que nos espera no além, se o "expediente" por aqui já findara há tanto tempo? Sem razões plausíveis, como a dor agonizante de uma doença terminal, sem justificativas, a não ser o gosto amargo das próteses dentárias em sua boca envelhecida. Não se pode negar que houve Hamlet em sua defesa, afinal, *"por meio de um sono acabamos com as angústias e com os mil embates naturais de que é herdeira a carne. É um desfecho que se deve ardentemente desejar. Morrer... dormir... Eis a reflexão de que procede a calamidade de uma vida tão longa"* (Shakespeare).

Daniel teria ido apenas cobrir a reportagem, documentar a triste despedida e tentar extrair do homem uma frase que causasse alguma reflexão naqueles que, supostamente, não estavam à beira do fim.

Daniel não estava satisfeito com o que conseguira registrar na fala do idoso. Da mesma forma, o filho não falou mais do que o necessário.

"É uma questão de ponto de vista, meu jovem. Você não conhecerá meu ponto de vista, a menos que esteja vendo o mundo com meus próprios olhos cansados", foi a melhor frase que conseguiu. O velho tinha razão. Todo julgamento seria apenas a partir de um olhar muito privilegiado. Até mesmo esse tal "privilégio" é fruto da opinião de alguém que se julga em melhor posição do que aquele que decide pela própria morte aos oitenta e cinco anos.

O táxi aéreo já estava à espera dos dois passageiros, o filho empurrava a cadeira de rodas do pai. As netas permaneceram ao lado da mãe, que assistiam à cena ao lado do *staff* da clínica, após uma despedida não digna das lentes profissionais de Daniel. Este, insatisfeito com o "material" recolhido, acompanhou-os um passo à frente, pensando em fotografar o último momento, a remoção de Joseph para dentro do helicóptero.

O filho virou a cadeira de lado para a aeronave, os olhos do velho se dirigiram para as netas, que dispararam em uma corrida como se estivessem entrelaçadas em um mesmo impulso. Daniel sentiu que era o momento. Todos sentiram. Em prantos, as meninas gritavam, "Vovô!", "Vovô!", as lágrimas começaram a escorrer dos olhos cansados que viam o mundo por um ângulo tão exclusivo.

"Não, vovô! Não morra!"

"Nós te amamos, vovô!"

FEITO BORBOLETAS

"Fica com a gente!"
"Por favor... não!"

As gêmeas se lançaram sobre o avô, ainda sentado em sua cadeira, que as envolveu em um abraço digno de um Pulitzer.

Os cabelos de Ashley contornaram a barba bem-feita de Joseph, o rosto delicado de Crystal tocava as bochechas flácidas da outra face do avô, e o que se via na garota era a pura imagem da dor da perda, agraciada pela chance de um último abraço.

Aqueles olhos, que escolheram se fechar para sempre, lançavam ao céu um olhar iluminado pelo mais puro dos sentimentos, o amor. Os braços se enlaçaram em um abraço atemporal. Ao fundo, via-se o filho com a cabeça baixa, uma das mãos sobre o cenho, despejando o pranto que fora programado para permanecer nos bastidores, talvez em algum banheiro, ou após ser lançada uma e outra cortina de fumaça. O choro de um Pulitzer.

— O velho morreu?

— Sim... o senhor achou que as meninas tinham conseguido fazê-lo mudar de ideia?

— Talvez...

— Sabe o que é pior? Sempre penso que se Joseph não tivesse morrido, a foto não teria vencido o Pulitzer.

— Por que pensa isso?

— O senhor não deve ser familiarizado com as edições do Pulitzer de Fotografia. As fotos vencedoras ilustram dor profunda. É muito raro encontrar uma sequer que não ilustre o núcleo de uma grande tragédia humana. Mães vendo seus filhos passarem fome, desnutrição, guerras, migração clandestina, destruição, conflitos, terrorismo... os piores cenários da experiência humana. O senhor sabe o porquê? Há uma força em nossa cultura que parece valorizar muito a desgraça, a tragédia. Talvez a dor alheia fortaleça a crença de que somos privilegiados, mais afortunados. É como se a tragédia do outro reduzisse a magnitude da nossa própria dor, e a tornasse suportável. É uma pena, seu Luigi. Dor é dor. A dor de alguém não minimiza a nossa. Cada um de nós carrega na face os próprios olhos cansados.

Como jornalista, também tenho consciência de que o prêmio vai para aquele profissional que teve a coragem de se infiltrar em tamanha desgraça, e diante da realidade mais pura de um profundo sofrimento, portando em mãos seu equipamento de trabalho, teve condições de enquadrar, cuidar do melhor ângulo, analisar a luminosidade e, simplesmente, clicar. As mãos que, poucos segundos antes, poderiam estar servindo pessoas em um momento dramático tiveram a frieza de executar o *job* e eternizar o pior momento.

    A dor dos outros talvez seja como uma cortina de fumaça para nossas próprias dores. Estas seguirão crescendo invisíveis, protegidas pela ignorância do único ser que poderia transformá-las, até que se tornem fortes para destruir seus guerreiros distraídos. A dor do Pulitzer precisa representar, portanto, a dor de todos nós.

27. Brilho eterno

Se o velho não tivesse morrido, talvez eu não estivesse aqui.

Uma chamada de telefone interrompeu a tela do aplicativo de geolocalização, pelo *Bluetooth*.

— Oi, onde você está?

— Estou dirigindo perto da avenida Juscelino Kubitschek, por quê?

— Não acredito! Onde? Estou perto de você!

— Há... acabei de sair do Túnel Ayrton Senna...

— Aonde está indo?

— Tenho um curso com uma empresa de assessoria em publicidade, pela revista. É perto do Eataly, mas estou indo pelo GPS, não sei exatamente o local, vou estacionar no *shopping* ali perto.

— Vou te encontrar, me passa o endereço!

— Não! Nem pensar! Estou dirigindo, não vou olhar o endereço. Além do mais, estou com o horário apertado.

— Estou indo para lá!

— Você quem sabe! Vou estacionar, vou andar até o prédio do curso. Não vou te esperar.

Estacionei o carro no subsolo do *shopping*, totalmente descrente de que ele me encontraria no meio do nada, mas não pude deixar de perceber os efeitos adrenérgicos daquela pessoa tóxica. Daniel.

Coloquei o percurso no aplicativo, teria que subir ao nível do térreo, sair pela rua principal, dobrar uma esquina, o prédio estaria na metade do quarteirão.

Avistei a porta automática, hesitei em meus passos decididos, obedecendo a um impulso de olhar para trás. Ele vinha como um gavião de olho em sua presa, descabelado, suado, apertou suas garras em um abraço urgente. Retribuí com a mesma urgência, sem acreditar que aquilo fosse possível!

— Que saudades...

— Como me achou?

— Estava de Uber, você disse Eataly, desci ali, mas me disseram que o shopping ficava do outro lado, então corri! Foi meio loucura, tive que vir meio por dentro, ou não daria tempo... Imaginei que você já estivesse muito perto quando desligou!

— Como eu te disse, estou com o horário apertado, preciso ir!

— Eu te acompanho até lá...

Por coincidência, ele estava a caminho de um prédio vizinho, para uma gravação. Ambos em prédios tão próximos, no mesmo dia, no mesmo horário, em uma cidade tão grande...

O número doze, casas astrais com seus planetas e uns bonecos possuídos acompanhavam nosso passeio. Parecia não fazer diferença que ele não soubesse disso.

Caminhamos até o prédio, era mesmo muito perto. Em poucos minutos, estava precisando me despedir. O abraço foi mais demorado, desta vez.

— Que horas você sai? – perguntou-me, ainda em um laço que nunca chegaria a um Pulitzer.

— Saio às cinco, e você?

— Não sei... não tenho hora para terminar. Mas eu te ligo...

Que pena... era uma história com potencial, vinte anos atrás.

Se o velho não tivesse morrido, seria muito provável que não houvesse Pulitzer, nem a fama de Daniel, nem seu ressurgimento em minha vida, e eu nunca saberia sobre o monstro que eu guardava no peito. Mas as condições iniciais definiram um caos que eu não previ, e agora estava absorta em pensamentos indomáveis, desperdiçando meu tempo e me perguntando o porquê de tal conexão, que permitiu a intuição de me ligar naquele exato momento, que o fez saltar, correr, que o levou àquele abraço... se na mente e no coração dele havia outra mulher.

Eu era apenas um jogo que foi interrompido com um placar desfavorável a ele, e competitivo como sempre foi, não admitiu a derrota, não admitiu ter perdido a chance de chegar primeiro à posição mais alta desse pódio. Talvez, deitar a cabeça no travesseiro fizesse ele lembrar, de vez em

FEITO BORBOLETAS

quando, que havia uma mulher neste mundo que tinha sido "respeitada" demais. Que pena... eu não admitiria me submeter a isso. A única coisa que eu joguei foi muita energia fora, e na jogada de tentar recuperar, muita coisa em jogo poderia ter sido perdida.

Eu queria contar com uma força superior que sempre me protegeu, e sair daquele prédio a salvo, apesar de não parar de olhar no celular perto das cinco horas.

Saí de lá e fui direto para a Nave. Chegaria antes do jantar.

Contei tudo ao seu Luigi... ao final do meu relato resumido, ele me disse...

— Catarina Fernandes.

— Como?

— Catarina Fernandes. Uma moça por quem me apaixonei na juventude... trabalhamos juntos. Nunca tive coragem de falar com ela! Mas nunca me esqueci! Até procurei o nome dela na *internet* há alguns anos, mas não encontrei nada... Não sei que fim teria levado!

— Poxa... por que o senhor nunca teve coragem de falar com ela?

— Não sei! – riu... – Não dá para explicar, mas tem pessoas que deixam a gente com medo!

— Medo de quê?

— Não sei! Medo... a gente trava! Sabe que, com aquela pessoa, vai ser diferente! Não tem o mesmo controle! Eu até tentei! Fui com ela no bonde várias vezes, de volta para casa, e todo dia eu planejava falar, eu ensaiava e tudo, mas na hora... – pressionou os lábios daquele jeito dele. – Caramba! Nada!

— Eu sinto medo, pior, pânico! Eu fico até doente! Tenho dor de barriga toda vez que sei que vou encontrar com ele, nem que seja pela *internet*! Mesmo tendo decidido que nunca mais iria vê-lo, acontece um dia como hoje. Mas ele também fica doente! É estranho... Será que vou terminar a vida me lembrando dele, fazendo as mesmas perguntas?

— Você não... ele vai! Ele vai sempre se perguntar o porquê de você exercer essa influência sobre ele, o faz se sentir pequeno, vulnerável, mas somente se ele tivesse vivido essa história com você saberia. Hoje, nenhum dos dois encontrará respostas. Essas pessoas pertencem ao passado.

— Diga-me, seu Luigi, o senhor foi fiel à sua esposa? – ele arregalou os olhos com a surpresa da pergunta.

— Eu sempre a respeitei e sempre a protegi! Nunca deixei faltar nada a ela! Ela foi minha parceira e contei com ela para construir tudo o que temos. Nunca arranjei amantes que ocupassem um espaço em minha vida. E olha agora... estou aqui contra a vontade dela! Sei que precisarei ir embora algum dia, mas não suporto ver como virei um fardo para ela...

— O senhor se pergunta como teria sido a vida com a Catarina?

— Sim! Mas todas as vezes que penso aonde cheguei, e como fiz isso com a pessoa certa, sei que tudo está no seu devido lugar.

— Seu Luigi... a cabeça do senhor está mesmo ruim?

— Oh... horrível! Não consigo fazer mais nada!

— Não parece... veja como o senhor tem clareza sobre tantas coisas, percebe tantas coisas ao seu redor... como naquele dia em que foi atendido pelo fisioterapeuta que dona Margarida mandou aqui. Eu vi! O sujeito falava com o senhor como se fosse um bebê, e o senhor foi tão gentil, mas me olhava com sarcasmo e usava ironia de modo que o rapaz nem percebesse! Esse tipo de recurso de linguagem precisa de inteligência para elaborar! De tudo o que li sobre o Alzheimer, não vejo semelhanças...

— Veja, não me lembro do nome dele...

— E daí? Eu só me lembro porque o senhor ficou associando o nome dele ao do sobrinho do senhor!

— É mesmo! Pedro! – riu...

— O senhor finge que está doente?

— No começo, eu preferia fazer de conta que não estava nem ouvindo... que não guardava as coisas na cabeça. Mas fui ficando assim mesmo, o médico disse que há vários tipos de doença neurológica. Eu sempre fui tão forte, já estou fraco demais, em casa vivia caindo! E minha voz sempre foi forte, e agora, às vezes, tenho dificuldade de falar... não sai a palavra direito...

Sentada ao pé de sua poltrona, ele contornou com os dedos meu queixo triste...

— Não tem problema, menina! Tudo bem. Eu quero cair fora logo... – olhei para ele com a expressão de quem não entendeu. Ele continuou. — Eu vou morrer!

— Não diga isso!

— Estou esperando o livro! E o Palmeiras ganhar um Mundial!

Dei risada... até nesses momentos ele tinha senso de humor.

FEITO BORBOLETAS

— Estou quase terminando o livro, seu Luigi! Prometi ao senhor, mesmo que não dê tempo de publicá-lo... queria ao menos que o senhor rubricasse um exemplar encadernado para mim!

— Por favor, menina! Abra meu armário... tem um envelope pardo na primeira caixa do lado direito.

Levantei-me e segui as instruções, perguntando-me o que poderia estar por vir.

— Este?

— Sim. Traga aqui, por favor.

Ele abriu o envelope dobrado ao meio e me entregou umas folhas de papel escritas com sua própria caligrafia. A julgar pela coloração do papel, tratava-se de uma redação de meio século.

— O que é isso, seu Luigi?

— São minhas anotações, todos os empregos que trabalhei, o tempo que fiquei em cada um. Está tudo aí! Vão ajudar você na revisão do livro.

Não acreditei no que eu estava lendo... a organização de cada período, de cada emprego com suas datas e cargos... estranho ter me entregado somente agora.

— Veja, o que estou entregando a você tem valor inestimável! Nunca mostrei isso a ninguém. Guarde muito bem, entendeu?

— Seu Luigi, não posso ficar! É muito especial para o senhor! Além do mais, o livro está quase no fim! Tenho tudo de que preciso!

— Faço questão que você fique! Não vou aceitar uma recusa!

— Bem... sendo assim! Fique tranquilo, vou guardar muito bem!

— A propósito... queria dizer... meu testamento...

— Não! Pelo amor de Deus, seu Luigi! Não me diga nada! Nem pense nisso! – um frio percorreu minha coluna, imaginei que seria morta se qualquer coisa fosse mencionada no meio de um simples documento chamado testamento...

— O dinheiro é meu e eu posso deixá-lo para quem eu...

— Nãaaaaooooo!!!! Não faça isso comigo, seu Luigi! O senhor nem permite que eu fale sobre o livro com sua família! O senhor quer que eu morra? E tem mais, a esta altura, o senhor nem sabe se já não o interditaram! Fica assinando papéis sem ler!

— Eu sei o que assino... naquele dia, elas estavam vindo trazer o contrato de compra e venda do apartamento no Guarujá, vamos comprar a casa que alugamos, é maior para meu filho dar as festas dele, e tem uma área mais privativa para quando estivermos lá.

— Mesmo assim, o senhor não leu.

— Tanto faz...

— Sim... o senhor está caindo fora! O senhor acredita em Deus?

— Eu cresci dentro da igreja. Minha mãe era muito religiosa, fazia gosto de que todos os filhos ajudassem na paróquia, e eu fui um dos coroinhas do Padre Cícero. Vi tantas coisas erradas ali... tanta gente ignorante, tínhamos que ficar reverenciando o padre como se ele fosse Deus. E ele me perseguia! Eu fazia tudo certo, mas ele nunca me dava crédito! Um dia, ele aprontou comigo! Não me deixou comungar, e eu nem tinha feito nada! Virei as costas, deixei de ser coroinha, mas continuei indo à missa para não dar desgosto à minha mãe. Um dia, ela me disse que não fazia questão que eu fosse, que eu era um bom filho. Foi a melhor coisa que ouvi da minha mãe! Eu nunca mais fui à igreja. Já vi tanta coisa errada neste mundo, não acho que tenha nada depois daqui. Acho que, quando a gente morre, é o fim, acabou. Acabou meus irmãos, irmãs, meu pai, minha mãe...

— Não tem problema... tudo bem! O senhor é um homem bom. Eu acredito que é o que basta para Deus! Eu tenho medo de não conseguir retratá-lo apropriadamente no livro! Não sei se consigo fazer o mundo vê-lo como eu vejo! Como o senhor foi guerreiro a vida inteira, como foi determinado, incansável! Como contornou com braço forte todas as adversidades que interpolaram seu caminho de sucesso. Como descrever esse sorriso bem-humorado, bondoso, esse olhar iluminado, que oculta dores constantes? O menino que sente saudades do pai, o pai que anseia pelo bem dos filhos. O marido que ama tanto a mulher, que deseja aliviar seu fardo, apesar da falta que ela lhe faz.

"Queria contar cada briga, cada momento de bravura, como quando um funcionário empunhou uma faca para agredi-lo, que o senhor desarmou com sábias palavras. Sobre o dia em que livrou a esposa e a filha de um assaltante, arrastando-o para fora de um ônibus em movimento. Sobre a vez que encheu de porrada um policial que coincidentemente foi jogar futebol em seu time adversário, dias depois de ter abusado da autoridade prendendo-o por não sucumbir à propina em uma mesa de bilhar. O senhor sempre foi corajoso e justo, forte e

FEITO BORBOLETAS

honrado. Sua história não é a de todos, como eu pensei, mas a de raros homens que construíram um legado verdadeiro neste planeta. Eu tenho fé, e acredito que Deus guarde um lugar maravilhoso para homens como o senhor."

— Espero que esteja certa!

— Falando nisso... sobre Daniel, o que eu faço, seu Luigi?

— Faça o que é CERTO, menina! E se você errar, conserte seu erro! – a ênfase dele me assustou.

— Certo para QUEM, seu Luigi?

Ele se moveu na cadeira, olhou no fundo dos meus olhos, segurou nos meus braços, e disse...

— O que é CERTO, é certo para TODOS! Para todos, MARIA PAULA!

28. Sobrepostas

Voltei tarde para casa, naquela noite. Entrei no carro, liguei o rádio, começou a tocar uma música de Elton John, por incrível que pareça, chamada Daniel. Na história da música, um Daniel que carregava a cegueira em consequência de uma guerra. Na minha mente, um Daniel que me ajudou a enxergar e reconhecer a própria cegueira, talvez por também ser cego. *"Do you still feel the pain of the scars that won't heal?"* – você ainda sente a dor das cicatrizes que não vão se curar?

Eu sinto. Cicatrizes de uma guerra travada na alma. Será que um dia as cicatrizes vão se curar? Será que vão sempre ser parte de quem sou, parte de minha realidade?

— Perdoe-me, Paula. Como eu poderia saber que você se sentia assim? Não te dei o suporte de que você precisava. Agora que essas cicatrizes abertas estão expostas, vamos curá-las, vamos perdoar toda a inconsciência que as criou.

— Eu quase destruí sua vida, Maria. Coloquei em risco tudo o que você tem de maior valor. Sinto muito! Foi minha culpa, não sua. Fui eu que tive orgulho demais para enxergar, imaturidade para lidar com tudo isso...

— Cabia a mim enxergar isso, ajudá-la a revisitar o que você trouxe consigo deste passado tão presente. Vamos ficar bem agora. O passado é um fardo difícil quando não temos consciência da importância de encerrar os ciclos, e não temos coragem para cuidar das feridas. Eu também não sabia que elas seguiriam aprofundando seu rastro de destruição, tomando conta de tudo. Que bom que cuidamos disso juntas.

Um simples deslizar de dedos na tela do celular despertou a garota adormecida dentro de uma mulher com múltiplas tarefas e responsabilidades. A mãe, a esposa, a profissional, e quantas mais existissem, tiveram de dar ouvidos à implicância da menina que tinha ficado esquecida em uma grande cortina de fumaça.

Foram longas conversas controversas, ângulos de visão opostos, a segurança da mulher deixou a menina chegar perto demais, embora forças ocultas tenham colaborado muito para que tivessem um final feliz. Toda vez que a menina perdeu o controle, a mulher assumiu a direção, a única pessoa que poderia acolhê-la, ajudá-la a reparar suas mazelas.

Permita minha apresentação. Sou Maria Paula, jornalista, mãe dos gêmeos Lívia e Alex, esposa de Valter. Sou forte, corajosa, competente. Escolhi cursar Jornalismo porque queria dar vazão à minha voz, mas fui responsável por calar os gritos de minha alma. Na parede da memória, o quadro que dói mais estava sob tapeçarias bordadas com as cores do orgulho, do julgamento e da prepotência.

Sempre critiquei técnicas de comunicação que considerava manipuladoras, mas contei a mim mesma as historinhas que colocaram meu vilarejo em perigo.

Entre mim e ela há um universo cujo tempo é uma entidade relativa. Passado, presente e futuro são apenas fotografias comuns que podem acabar perdendo o sentido. Assim como uma fotografia, esses tempos não representam realidade alguma. Talvez haja apenas o fluxo infindável de ser e de sentir. Estamos todas juntas e somos muitas. Cada uma contribuindo com sua parcela de céu e de inferno, cada uma com seu papel na infinita teia do existir.

Dentro de certas "condições iniciais", podemos bater nossas asinhas de borboleta e construir tudo de novo, ou tudo diferente. Somos seres de infinitas possibilidades, sobrepostos, entrelaçados, emaranhados.

Pode haver uma borboleta abortada em cada um de nós e, ao mesmo tempo, uma capaz de voar como nenhuma outra. Há um fluxo contínuo de oportunidade de mudança, pronto para obedecer ao observador, aquele que não se escondeu sob cortinas de fumaça.

Tudo fazia sentido, uma onda de paz tomou conta de mim. Voltava para casa de cabeça erguida, consciente do tipo de legado que gostaria de deixar, que tipo de história gostaria de contar.

Certo e errado podem ser apenas valores enraizados em nossa cultura por contadores de historinhas, mas seu Luigi estava certo, mais uma vez. O certo não é um conceito, um ponto de vista, um conjunto de dogmas, mas um lugar de paz e harmonia para todos. O que é certo é certo para todos, porque, no final das contas, somos todos um, somos todos iguais.

Entendi quando ele disse que os erros não servem de escola. "Apenas é possível aprender com os erros e evitá-los quando se tem consciência de que sempre vão ferir alguém", a começar por nós mesmos.

Vivemos em um mundo que pode nos contar tantas histórias, em que esses simples fluxos de realidade possam se tornar conceitos nos quais certo e errado são dois lados da mesma moeda, quando na verdade se referem ao mais puro exercício de amor ao próximo e a si mesmo. A falta desse amor é um grande perigo. Toda história que transforma e acende em nós a melhor versão é, em essência, uma história de amor.

Foi frustrante a constatação de que não conseguira sentir ódio pelo Daniel, mas escolhemos sentir gratidão, em seu lugar. A ausência do ódio me libertou da fome por vingança, a compreensão de um tipo estranho de amor criou a oportunidade de agradecer por todo o aprendizado, e seguir anunciando a todas as minhas versões que não precisávamos mais de nenhuma forma de conexão entre nós e ele, que estávamos livres.

A verdadeira liberdade pode ser conquistada com clareza e consciência suficientes para que se possa fazer uma escolha real. Fechar os olhos para as dores apenas as alimentam. Ignorar um passado que pulsa no agora, em nome da historinha de que "não se deve viver olhando no retrovisor", é construir a avalanche que vai soterrar o seu lindo presente. Essa é a desculpa de quem não tem coragem de mexer nas feridas, porque machuca e dá trabalho curá-las.

A escolha por essa libertação é pessoal e intransferível. Independe do que o outro decida fazer. Ele pode continuar preferindo pensar que nossa história permanecerá, pode se sentir sempre conectado, trazendo consigo as inúmeras lacunas que um dia poderiam se proliferar. Nós estávamos escolhendo seguir em frente, trazendo todas as nossas versões juntas em novas "condições iniciais".

Pela primeira vez, em anos de Jornalismo, mais do que isso, pela primeira vez em uma vida de contemplação de grandes vozes, compreendia a complexidade entre as múltiplas versões sobrepostas em cada "ele". Quanto mais distante estivesse o "eu" de suas muitas possibilidades, mais necessário seria o "ele" para justificar o cárcere da alma.

Por outro lado, um ser integrado em suas dimensões sobrepostas pode ser qualquer "ele" sem que isso ameace a simplicidade do existir. Ideias que fluíram em uma mente do século XIX visitavam meus pensamentos: "*Só os artistas descobrem o segredo culpado da má consciência: a verdade renegada de que todo ser humano é uma maravilha sem igual*" (Schopenhauer, 1874).

Enquanto o prisioneiro vazio do respeitável público alimenta sua atuação com mais e mais historinhas, a estrela do verdadeiro palco da vida segue seu fluxo de servir um mundo formado por todos nós, elevados em potência máxima, conjugados em tempos relativizados.

Conheci muitas versões sobre mim, mas ainda posso não saber quem sou. Apenas queria contar a você este segredo: é melhor manter os olhos bem abertos para tudo o que você não queira ver. Como disse Nietzsche, "*o inimigo mais poderoso que você poderá encontrar será sempre você mesmo*".

29. Pegadas

— Paula! Corre pra cá! Seu Luigi passou mal e a esposa dele está vindo buscá-lo! Ela vai levá-lo embora! – o telefonema de Creusa nos despertou às quatro horas da manhã de segunda-feira.

— Chego em meia hora! – dei um pulo da cama, tremendo! Adrenalina correndo solta, jorradas em litros de um escarlate pulsante.

— Precisa de ajuda? – perguntou-me um grande Valter.

— Preciso! Leve as crianças para minha mãe antes de ir ao trabalho! Não sei quanto tempo vou levar...

Deixei um beijo sobre a face adormecida de Lívia e Alex e saí em disparada, sem precisar de GPS.

O segurança abriu a cancela, sem fazer perguntas. O estacionamento estava vazio, exceto por uma clássica Mercedes preta que imediatamente deduzi ser de dona Margarida. Graças a Deus, cheguei a tempo!

As palavras que deveriam ser escolhidas para estabelecer comunicação com ela, ou com quem mais estivesse junto, desapareceram de uma mente tomada por impulso. Nem eu sabia o que pretendia correndo tanto. No fundo, sempre tive medo de que esse dia chegasse, o dia em que seu Luigi iria embora, que iria para uma casa na qual eu não seria bem-vinda, e perderia meu acesso a ele.

O rosto de Creusa não foi nem um pouco animador. Congelei meu segundo passo, prevendo que precisaria me sustentar sobre as pernas quando ela proferisse suas palavras escolhidas. Pensei no pior.

— Ele já foi! Sinto muito... foi tudo tão rápido!

— Como assim, já foi? – "*Eu quero cair fora logo*"... Não!
Ela desviou o olhar, eu acompanhei e vi um moço de uns trinta anos parado ao lado da *bonbonnière*.

— Este é Rodrigo, motorista do seu Luigi. Está esperando dona Lídia chegar para acompanhar a transferência.

— Bom dia, senhora! – disse-me o moço, com a educação que eu não pude retribuir.

— Como assim, transferência? Onde ele está?

— Já saiu com o resgate aéreo, acompanhado da chefe de enfermagem. Você sabe, é protocolo. Dona Margarida foi informada de que ele seria transferido para nosso hospital, mas ela quis adiantar a transferência, disse que ele irá direto para casa quando estiver de alta médica. Desculpe, Paula, pensei que daria tempo de você chegar antes que ele fosse! Liguei assim que o alarme tocou...

— O que aconteceu?

— Ele teve uma parada respiratória dormindo. Os sensores do relógio ativaram o alarme no posto de enfermagem, acusando a queda de saturação de oxigênio, a equipe de resgate entrou com os primeiros socorros, mas o coração parou logo a seguir. Chamaram o resgate aéreo. Em menos de vinte minutos, ele já tinha ido.

— Parada cardiorrespiratória? – Comecei a me sentir mal. O rapaz segurou meus braços como quem prevê um desmaio.

— Calma, senhora! Ele está bem!

— Sim, ele reagiu! Ainda não está fora de perigo, mas está reagindo! E está sendo muito bem cuidado! Você sabe como é!

— Para onde você vai levá-lo? – em vez de responder com boa educação "bom dia para você também".

— Sinto muito, senhora. Não tenho permissão de dizer.

— Há? Viu, Creusa! Nem acabou de sair daqui e já está sob cárcere privado! Você por acaso sabe qualquer coisa sobre esse homem além da porcaria de endereço?

— Sinto muito, senhora.

— Bom dia! Paula, o que houve, querida? – a voz de Lídia era um alívio! Corri para abraçá-la! Isso deveria ser muito comum para ela, mas era um horror para mim.

FEITO BORBOLETAS

— Como farei para vê-lo, Lídia? Ele vai voltar? Vai passar aqui para se despedir?

— Não sei, querida. Provavelmente, não.

— Mas como? E quanto à Rebeca? E as outras crianças? O que vamos dizer a elas?

— Nós preparamos as crianças para chegadas e partidas, querida. Vivemos cada dia intensamente, porque nunca saberemos o que o outro dia nos trará. As crianças sentirão, com certeza. Mas serão cuidadas, vamos lhes dar o suporte necessário. E você também precisará disso! Eu sugiro que se junte a nós nesse processo, será como viver um luto, e todas as etapas precisam ser sentidas até que se transformem.

— Não!!!

O choro veio do fundo do coração. Tive tantas oportunidades de dizer a ele que o amava, mas nunca o fiz! Lídia me abraçou, quando percebi estava sendo conduzida por duas pessoas para dentro da Nave.

— Não quero ir com vocês! Quero acompanhar o Rodrigo. Você veio buscar as coisas dele, certo?

— Sim.

— Posso acompanhá-lo, Lídia?

— Sim! Vou com vocês. Por favor, Creusa, peça ao Teodoro para nos trazer o carro de mudanças. Você pode estacionar seu veículo na vaga V-II, é a penúltima contornando a Nave, ok?

— Sim, senhora!

Rodrigo foi posicionar a Mercedes na vaga especificada, enquanto Lídia me conduzia ao quarto de seu Luigi, procurando me consolar.

— Acalme-se, Paula! Permita que isso flua por você, mas não se engane! Não podemos fazer nada, a família tem o direito de levá-lo. A esposa dele sempre foi contra que ele ficasse aqui, ela tem sua razão! Quer o direito de cuidar do marido.

Percebi como estava reagindo à dor. Estava querendo silenciá-la, fazer-me de "forte" para lidar com as questões práticas, engolir o choro, endurecer. Não era esse o caminho. Não era assim que se fazia.

— Preciso de ajuda. Está doendo muito!

— Está doendo assim porque você está preenchendo esse momento com culpa e medo. Culpa por não ter feito o que queria, medo de não conseguir cumprir sua promessa. Paula, apenas respire e confie! Tudo vai dar certo! Todos ficaremos bem! É só essa certeza no coração que pode tornar essa dor suportável. Só assim podemos transformá-la, um dia, em gratidão e paz.

Respirei profundamente, saboreando a dor. Um aperto no peito que se estendia à garganta, dificultando a passagem de ar. Um embrulho no estômago. Ela tinha razão, eu tinha feito meu melhor. Ninguém sabe quanto tempo tem até que o tempo, simplesmente, termine. Então, desprevenidos, olhamos para dez minutos antes, tudo era tão diferente... se apenas soubéssemos!

Lembrei-me de Joseph A. Madison e invejei a chance do último abraço. Embora tétrico, o significado daquele Pulitzer ganhava nova roupagem em meu ponto de vista. O mundo precisava se lembrar de que os melhores abraços não serão fotografados. O último abraço em alguém tem muito mais chance de passar despercebido do que de ser exaltado, a não ser pelo vazio de sua eterna ausência.

Entramos em seu quarto, as cobertas reviradas, os chinelos ao pé da cama, a bandeja com os restos da ceia que ele deixou para trás. A poltrona que havia sido a testemunha de tantas conversas, de tantas confissões.

Lídia apertou o botão para erguer a parede de vidro que separava o quarto da área externa, expondo a ponte romântica que servira de atalho para a remoção de seu Luigi, poucos minutos atrás. Teodoro chegou com o carro de mudanças, uma espécie de miniguarda-roupa na horizontal com rodinhas, para comportar diferentes volumes e formas. Ele chegou acompanhado de duas colaboradoras, entraram já abrindo armários e colocando o que pegavam em espaços perfeitos, que pareciam projetados para encaixarem como jogos de pré-escola.

Em dez minutos, todos os pertences de seu Luigi estavam no carro guarda-roupa de mudanças. A cena me lembrou a época em que assistia às corridas de Ayrton Senna e vibrava com o dinamismo e organização da equipe do *pit stop*.

— São equipes treinadas para isso, querida! Cada um já sabe quais itens deverá transportar, e os lugares onde colocá-los no carro estão estabelecidos. Os moradores têm uma quantidade limitada de pertences e todos devem ser guardados da mesma forma, em recipientes específicos.

— Como? Eu vi que cada quarto tem uma mobília diferente, que cada um faz do seu jeito, a seu gosto...

FEITO BORBOLETAS

— Sim! Respeitamos muito a individualidade de todos, mas por dentro todos os pertences são organizados da mesma forma. Veja, são caixas transparentes que estão nas gavetas, nos tamanhos certos para cada tipo de peça, que já vêm dobradas pela equipe de lavanderia de forma a otimizar o espaço. O que importa é sempre o que se tem por dentro. Não adianta um lindo armário por fora, todo desorganizado. É como nós somos, tão diferentes por fora, mas se um médico tiver de operar nosso coração, encontrará tudo quase igual ao abrir.

— Mas isso não seria muito....

— Minimalista? Sim! Precisamos do essencial, nada mais que deixe a vida complicada e atrasada. Sabemos que não é a quantidade de relógios, sapatos ou bolsas que fará a vida de alguém melhor. Acima de tudo, precisamos estar sempre prontos para uma saída rápida, uma mudança rápida. A vida é um constante fluir, como podemos viver com pertences tão imobilizados?

Quando Teodoro me pediu licença para alcançar a caixa dos discos de seu Luigi que estava atrás de mim, tive a súbita reação de pegar o do Geraldo Vandré nas mãos.

Um livro passou pela minha cabeça. "*Se você não escrever minha história, ela vai morrer comigo!*" A frase que deu início a tudo, da dúvida à certeza de ter aprendido mais do que poderia imaginar ouvindo uma história rara: a de um homem gigante em um mundo de lagartas.

Um cavalheiro, um soldado, um boiadeiro, um filho, um pai, um amigo, um herói. Apesar da pressa, do *timing* cronometrado da equipe, retirei cuidadosamente o LP da capa, liguei a vitrola e posicionei a agulha ouvindo seus chiados antes dos primeiros acordes do violão.

Sentei-me na sua poltrona favorita. Vi seus cabelos brancos sempre bagunçados embaixo, seus braços descansando sobre as pernas estendidas na *chaise*. Enxerguei meu contornar vidrar sua face marcada com as linhas do caminho, receber o arregalar de olhos, o sorriso, as mesmas frases de boas-vindas.

"*Os amores na mente, as flores no chão, a certeza na frente, a história na mão.*"

É isso mesmo, seu Luigi. A história está na mão. Vou terminá-la e publicá-la. Acima de tudo, vou segui-la! Vou ensiná-la, testemunhá-la. Vou me lembrar dela. Vou me lembrar do senhor.

"*Vem, vamos embora que esperar não é saber. Quem sabe faz a hora, não espera acontecer!*"

— Paula, querida, precisamos levar o disco... – acordou-me do devaneio, a doce Lídia.

Levantei a agulha empoeirada, guardei o vinil em sua capa, olhei mais uma vez para o jovem Geraldo. Abri minha bolsa, verificando um Rodrigo que guardava volumes no porta-malas, saquei meu bloquinho de anotações e inseri uma pista dentro da capa do disco. Se o homem com demência de Alzheimer descobrisse as migalhas, poderia encontrar o caminho de volta.

— Eu tenho apenas o telefone da esposa dele. Não poderia te passar, mas quase sempre criamos novas regras aqui...

— Obrigada, Lídia! Mas imagino que isso não vá me adiantar de muita coisa. Ainda assim, agradeço! Vou aceitar sim!

Restava-me o mais importante. Restava-me as pegadas de um gigante, sua perfeição caótica só possível a quem vive, só possível a quem voa. As pegadas que os contadores de historinhas regidos pelas 48 leis das lagartas nunca sequer verão.

Como concordaria Nietzsche, *"quanto mais nos elevamos, menores parecemos aos olhos daqueles que não sabem voar."*

30. Borboletas e bolhas de sabão

Dois meses voaram.

O tempo é ingrato. Parece uma eternidade para quem espera, parece quase nada para quem olha para trás. Mas como tudo neste universo cheio de mistérios, o tempo nunca é o que parece.

Telefonei para dona Margarida algumas vezes. Quando podia atender, dizia apenas que ele estava bem, mas que não podia falar comigo pelo telefone. A parada cardiorrespiratória gerou um avanço no quadro neurológico e prejudicou sua fala, já não conseguia se comunicar. Fazia fonoterapia para a deglutição, estava sob cuidados domiciliares.

A fotografia era tenebrosa em minha mente. Quando você não vê, acaba pensando que a realidade é pior do que se possa imaginar, uma tendência bem conhecida pelos organizadores do Pulitzer. A saudade era corrosiva. A foto do sorriso capturado em momento tão especial não valia mais do que as registradas em minha memória viva. Enquanto o tempo tivesse misericórdia, seriam lembranças coloridas e sonoras de uma ligação atemporal.

Continuei frequentando a Nave às quintas-feiras. "*Tu te tornas eternamente responsável por aquilo que cativas*", segundo Antoine de Saint-Exupéry em *"O Pequeno Príncipe"*, e eu tinha cativado e sido eternamente cativada. Além disso, Albert Einstein dizia "uma mente que se abre a uma nova ideia jamais voltará ao seu tamanho original". A frase expressava exatamente o sentimento. Depois de conhecer um novo mundo, uma nova forma de enxergar o trabalho em equipe, a organização, o espírito de servir, o amor... era impossível sobreviver ao mundo "normal", ao mundo que conhecemos e pensamos ser soberano. O mundo das "pessoas boas" que eu conhecia como as vítimas do sistema, o mundo em que "pessoas boas" são passadas para trás pelas "espertas". O mundo do vil metal.

Havia um mundo que me dizia que era possível, que provava a cada descoberta, a cada momento, que a união de verdadeiras pessoas boas é imbatível. Um mundo que seu Luigi tivera de deixar. Eu permanecia ali por ele, por Rebeca, que se apegou a mim depois da perda de seu avô favorito, pelo seu Eduardo e seus pães de queijo quentinhos, por mim mesma, Paula, Maria e todas as outras. Nada era mais significativo do que receber as cores trazidas por Maurice.

Era sempre o mesmo ritual, mas cada dia, um novo Maurice. Era o rio de Heráclito, no qual entrávamos todos os dias, sob a mesma abóbada, para banharmos um novo "eu" em novas águas. O filósofo da Grécia Antiga já dizia sobre a constante condição de transformação das coisas, em permanente estado de fluxo.

O sol desaparecia em um horizonte infinito, marcando a passagem de um tempo que não poderia voltar. Em uma linha cronológica, eventos aparentemente ordenados brincam com os viajantes de um instante a outro, convidados a se lembrarem de que não têm o tempo que se foi, tampouco o que ainda não se apresentou. Passado e futuro são ilusões, há de se concentrar no presente. Que passou. Passou de novo. De novo. Acabou. Mais uma vez. Outra ainda...

Santo Agostinho refletiu sobre isso, dizendo que "o que nos permite afirmar que o tempo existe é sua tendência para não existir". Se passado e futuro não existem, o que existe é um singelo momento que se vai em um segundo, tornando-se, portanto, inexistente.

O que existe é um fluxo, um pulsar. Apenas um... agora. O resto é história ou expectativa. Fotografia ou imaginação. Arquivos a perecerem em mentes envelhecidas. O que fica é o que permanece pulsando, fluindo... o amor, o verdadeiro laço, o eterno abraço que não tem ordem para acontecer.

A singularidade do presente está sempre a deslizar por entre nossos dedos, mas tudo o que com ele desliza para o futuro, o constrói.

A compreensão do tempo pode ser tão complexa quanto a do efeito borboleta, proposto por Edward Lorenz, mas uma coisa é clara: condições iniciais podem mudar drasticamente o futuro, enquanto a gente desliza por um fluxo abstrato chamado presente. Condições iniciais são sempre permitidas nesse intervalo de tempo no qual se desenrola nossa vida, entre o que passou e o que ainda não vimos, entre o antes e o depois.

FEITO BORBOLETAS

Foi em um instante que cheguei a este futuro. Meu telefone tocou.
— Alô?
— Quem está falando?
— Gostaria de falar com quem? – respondi.
— Ah... bem... eu me chamo Patrícia. Você conhece seu Luigi Bellini?

Quase derramei o café em minha blusa branca, na pausa da redação. Um tremor dominou a mão que segurava a xícara, enquanto hesitei em responder com medo de que o breve futuro destruísse a esperança.

— Sim! Sou Paula, amiga dele!

"Paula"; ouvi que repetiu a alguém, afastando-se do telefone.

Um silêncio se fez.

— Ah... dona Paula, sou a enfermeira do seu Luigi. Ele pediu que o trouxesse à biblioteca para ouvir o disco do Geraldo Vandré...

Lágrimas... minha blusa começou a receber novas águas sobre uma nova mulher. Esforcei-me para continuar prestando atenção, mas já não precisava ouvir mais nada. Precisava antes falar.

— ... e eu encontrei um papel, pensei que fosse do asilo. Ele pediu que lhe mostrasse. Assim que viu, começou a tentar me dizer coisas... ele não falou nada desde que veio do hospital. Fiquei surpresa! Ia chamar dona Margarida, mas ele me segurou pelo braço, entendi que era para não ir. Ele gesticulou que precisava de uma caneta, escreveu seu telefone com muito esforço e apontou para meu celular. Pensei que fosse um código, nunca iria imaginar que fosse um número de telefone! Não entendo como ele fez isso!

— Ele está na sua frente? Estão sozinhos?
— Sim!
— Não tenho tempo para te explicar agora, mas por favor, coloque o telefone no ouvido dele. Ele está escutando, sim?
— Sim, senhora. Só não consegue falar.
— Pode segurar o telefone no ouvido dele, por favor?
— Sim, estou colocando agora...

Respirei fundo, o coração estava acelerado! Comecei a ouvir a respiração ofegante ao telefone.

— Seu Luiiiigiiiiiiiiiiii!!!! – a distância e o choro foram as novidades no cumprimento de sempre, não consegui falar sem chorar. — Eu sabia que o senhor conseguiria! Sinto muita saudade do senhor! Eu tive medo de que o senhor não fosse esperar o Palmeiras ganhar o Mundial! Ouvi dizer que estão quase, seu Luigi! O senhor tenha paciência! Só vai faltar isso! Eu consegui terminar o livro! Vou encontrar um meio de publicá-lo!

"Todos na Nave estão bem! Rebeca sente muita falta do senhor, mas como eu, está sempre concentrada na gratidão por tê-lo conhecido e aprendido tanto contigo! Eu gostaria que o senhor assinasse meu exemplar quando estivesse pronto, mas depois percebi que sua assinatura está em todas as páginas, deste e de todos os livros que poderiam ser escritos com tudo o que o senhor ensinou a tantas pessoas! Sua história viverá em mim para sempre!"

Eu li as últimas frases do livro para ele e finalizei meu relato, antes que fosse tarde.

— ... e seu Luigi, EU TE AMO!"

Eu ouvia os soluços que pareciam risos, mas sabia que não eram.

— Dona Paula, não sei o que a senhora disse, mas eu o vi sorrir e chorar pela primeira vez! Ele ficou muito feliz com o que a senhora falou, Deus a abençoe!

— Patrícia, por favor, todos os dias, ao pôr do sol, coloque Maurice para ele ouvir.

— Maurice?

— Bolero de Ravel. Não se esqueça! É importante. E obrigada, ligue-me sempre que puder.

— Pode deixar.

"Dentes do seu Luigi – 023499743"

O homem com demência de Alzheimer decifrou minha pista e encontrou o caminho de volta. O conjunto de números do telefone estava invertido, mas tão bom com números como ele sempre foi, apostei que conseguiria. Era certo que ele não abandonaria Geraldo enquanto estivesse vivo, e que ele saberia exatamente quais são os dentes dele. Os mais perfeitos que ele já vira, que refletiam um sorriso sincero, um sorriso de alegria por estar em sua presença, de admiração, respeito e amor. Sentimentos dos quais um grande homem merece estar cercado no final de sua jornada.

FEITO BORBOLETAS

Ele estava rodeado por esses sentimentos, ainda que as partículas de matéria estivessem afastadas. Era a ação fantasmagórica descrita por Einstein, átomos entrelaçados e interdependentes que só podem ser explicados se o sistema for uma coisa só, um todo único. "SOMOS UM".

Físicos, cientistas e filósofos fundamentavam minha sensação de profunda conexão com o todo e com minhas múltiplas versões. Seu Luigi me fazia lembrar de Nietzsche, filósofo alemão falecido em 1900, cujas ideias tiveram relevância por todo o século XIX e ainda se mostram tão atuais.

Para ele, a vida era uma luta travada dentro de cada um de nós, células e sistemas em busca de equilíbrio, fluindo e pulsando constantemente. Não via separação entre nós e o mundo, não via sentido nas dualidades que permearam pensamentos e teorias milenares.

Apesar de se aproximar tanto de conceitos que seriam evidenciados anos depois, deixou-nos sinais de que também fora vítima de suas próprias cortinas de fumaça, criando inimizades entre seus plurais, inerentes a todos os seres.

"Para quem sofre, é uma alegria inebriante desviar o olhar de seu sofrimento e esquecer-se de si mesmo. Abençoados os que esquecem, porque aproveitam até mesmo seus equívocos." O próprio Nietzsche, autor dessas palavras, passou seus últimos anos de vida privado de suas brilhantes faculdades mentais, não apenas esquecido de si mesmo, mas irremediavelmente perdido. Não teria seguido o mesmo subterfúgio, seu Luigi? Não teria sido o mesmo que eu fiz? Como aproveitar os "equívocos" se decidirmos não olhar para os abismos por eles criados? Será que a vida teria sua maneira fluente de nos ensinar que o abismo que olha você de volta quando se está olhando para ele, na verdade, impede um mergulho desavisado e sem retorno?

Se você estivesse à beira do abismo, escolheria não o enxergar?

As memórias perdidas de um romance que só tivera uma chance de acontecer não voltaram. Daniel, lamento esta perda mais do que alguém que perde para sempre um antigo e especial álbum de fotografias. Perdendo as fotos, ainda restariam as lembranças dos bons momentos vividos. Eu perdi tais lembranças e, ainda que tivesse fotografias, nada representariam em uma mente incapaz de reconhecê-las. Uma chance. Muito justo para um rio no qual não se pode banhar duas vezes: a vida.

Vida singular e sutil, cheia de novas oportunidades de criarmos e destruirmos inúmeros casulos. Inúmeras chances de construirmos as próximas "condições iniciais" que vão gerar os tornados do futuro. Qual a desculpa para não voar? É preciso acolher em nossa pluralidade todas as doloridas e frustradas tentativas do passado, até que se alcance o ponto único da perfeita combinação entre a leveza e a força para se projetar no ar e fluir.

Nietzsche perdera seu pai ainda menino, seu Luigi também. A vida lhes proporcionou fortes casulos, mas podemos aprender com eles que a vida não consiste em demonstrar que é preciso quebrar sozinho seu único casulo. Não significa voar ou arrastar-se para sempre, à sombra dos vencedores. Com esses homens é possível aprender a ter a coragem de viver o ciclo lagarta-borboleta inúmeras vezes, aprimorando-nos em um processo infinito, não como um "eterno retorno", mas como um eterno fluxo.

— Boa tarde, Creusa! – minha saudação favorita às quintas-feiras, na folga para a "pesquisa de campo" da edição da revista.

— Olá, Paula! Rebeca já estava a sua espera!

— Sim, hoje prometi que iria ajudá-la na confecção de sua árvore do coração!

As crianças estavam no terraço de sua ala, contando com a ajuda dos idosos para construírem a chamada "árvore do coração", um tipo de árvore genealógica que considera os membros mais queridos, as pessoas mais influentes e amadas na vida de cada criança. Privadas das referências dos laços sanguíneos, aprendiam que experiências de amor e alegria podem ter um impacto maior em suas escolhas e conquistas do que a genética. Valorizavam a família do coração.

Elas escolhiam as pessoas livremente, muitas tinham dezenas de avôs e avós, mães e pais, irmãos e irmãs.

Avistei o perfil angelical de Rebeca, seus cabelinhos castanhos levemente cacheados, seu jeitinho de se sentar com os tornozelos cruzados debaixo da cadeira. Percebeu minha entrada e disparou em minha direção.

— Oi, tia Paula! Corre, vem ver a minha árvore! Você vai amar! – bradou Rebeca, puxando-me de volta para a mesa em que estava montando sua pequena obra.

Logo acima de sua foto, no lugar em que seria reservado para um pai, a fotografia do sorriso que só teve uma chance de ser capturado, seu Luigi no dia do seminário musical da Nave. Ao seu lado, no lugar que seria representado por uma mãe, minha foto. Ambas as fotos que Rebeca me pedira para compor seu trabalho. Ao redor das fotos, ela desenhou uma coroa de alfazemas, um sinal

FEITO BORBOLETAS

de que as histórias da infância de seu Luigi estavam refletidas e marcadas na infância dela. Lídia estava logo ao meu lado na árvore, e Natália, professora de música, do outro lado de seu Luigi.

— Você gosta muito do seu Luigi, não é mesmo, Rebeca?

— Sim, tia! Ele me ensinou muitas coisas, ajudou com minhas lições de matemática, com meus trabalhos de economia, com meus projetos do empreendedor mirim, ele era o mais legal daqui!

— Você sente saudade dele?

— Muita, mas sempre que eu penso nele, olho para o céu...

— Para o céu? Mas ele não morreu!

— Mas é lá que eu acho que está o satélite, que pode mandar meu recado. Os anjinhos que moram lá e os meus avós que viraram estrelinhas também podem contar pra ele. A tia Lídia lê a história do Pequeno Príncipe toda vez que a gente perde alguém aqui... na Terra, sabe?

— Eu adoro essa história! O que você entende sobre ela?

— Que se a gente tem um amigo que mora no céu, é bom olhar as estrelas. Por isso que a gente sempre espera até ver o sol ir dormir... a gente fala com as estrelinhas.

— *"O essencial é invisível aos olhos"*, aprendi isso com o *Pequeno Príncipe* também!

— Tia Lídia explicou que as coisas de verdade a gente não vê, que a gente só vê as coisas que vão acabar um dia. O nosso coração guarda todas as coisas invisíveis, que são as verdadeiras.

Maria, Paula e todas as outras se reuniram em meu coração apertado, disputando a vez de falar, o que acabou congestionando a garganta, e nenhuma palavra pôde ser proferida por nenhuma delas. Eram mesmo verdades que não poderiam ser transmitidas em palavras.

O telefone vibrou em meu bolso. O identificador de chamada fez meu coração apertar ainda mais.

— Alô?

— Dona Paula?

— Sim...

A pessoa permaneceu em silêncio. Consequência de um provável congestionamento de múltiplas versões em uma mesma garganta, tentando falar.

— Seu Luigi... teve outra parada cardiorrespiratória esta manhã. Sinto muito, não resistiu.

Patrícia falava baixo, parecia tentar ser discreta.

— Eu toquei *Bolero de Ravel* para ele todos os dias, dona Paula! Era o melhor momento do dia para ele! Muito obrigada, e sinto muito... preciso ir.

Olhei para o rostinho de Rebeca que me devolvia o olhar de quem conhece bem a dor da perda refletida no rosto de alguém.

Nada me preparou para aquele momento. Nem mesmo as estrelinhas que enviaram a mensagem de consolo nas inocentes palavras daquela criança. Deixei o celular cair da mão, minhas pernas perderam força, meus joelhos tocaram o chão subitamente e eu abracei Rebeca.

— Por que está chorando, tia?

Lídia vinha ao nosso encontro, em alguns segundos, todos os idosos e as crianças estavam ao meu redor.

— Seu Luigi se foi... foi morar com Deus. – Foi o melhor que pude dizer.

Rebeca esticou seu bracinho para pegar a árvore do coração, mirou a foto do seu Luigi, apertou os lábios como ele fazia quando não sabia o que dizer. O silêncio do ambiente me permitiu ouvir Maurice.

Hora de marchar. Marche para um lugar onde se possa voar sem precisar vencer casulos pegajosos, meu herói, meu guerreiro. Seja recebido e honrado por suas grandes obras nesta Terra. Que as lembranças que guardo brilhem eternamente! Que eu nunca precise de uma fotografia para recordar do sorriso de menino que anseia por aprender e por vencer a batalha dos justos. Que a felicidade que buscou em vida, por fim, encontre você nessa nova jornada.

Olhava para a abóbada da Nave e via as borboletas e as bolhas de sabão de Nietzsche.

"Creio que aqueles que mais entendem de felicidade são as borboletas e as bolhas de sabão...

Ver girar essas pequenas almas leves, loucas, graciosas e que se movem é o que, de mim, arranca lágrimas e canções.

Eu só poderia acreditar em um Deus que soubesse dançar.

E quando vi meu demônio, pareceu-me sério, grave, profundo, solene.

Era o espírito da gravidade. Ele é que faz cair todas as coisas.

FEITO BORBOLETAS

Não é com ira, mas com riso que se mata.
Coragem!
Vamos matar o espírito da gravidade!
Eu aprendi a andar. Desde então, passei por mim a correr. Eu aprendi a voar. Desde então, não quero que me empurrem para mudar de lugar.
Agora sou leve, agora voo, agora vejo por baixo de mim mesmo, agora um Deus dança em mim!" (Nietzsche)

Eu sei. Eu também vi meu demônio. Vi o pântano esquecido que quase soterrou meu vilarejo feliz. Vi minha pluralidade, quebrei meu casulo e aprendi a voar, e também não quero ser empurrada para mudar de lugar. Sei que é preciso coragem para mudar por mim mesma, encontrar um novo casulo e prosseguir nessa dança infinita de Deus.

Eu cumpri a promessa, o livro estava finalizado e em breve estaria em mãos. Ele viveu para saber que deixara as páginas de sua jornada neste mundo. Pelo jeito, desistiu apenas de ver o Palmeiras campeão, mas quem pode culpá-lo? Afinal, *"é com riso que se mata o espírito da gravidade"*.

Eu não teria sua assinatura em meu exemplar, mas como eu disse, ela estará em todas as páginas, especialmente naquela que contém sua própria caligrafia, tirada do documento envelhecido que me dera para compor o dossiê do manuscrito, parecendo saber que seria sua única chance de firmar a versão materializada de seu último desejo.

Não pude me despedir como gostaria, mas decidi seguir o conselho de Rebeca, ou melhor, do *Pequeno Príncipe* (Antoine de Saint-Exupéry).

"Se você ama uma flor que está numa estrela, é bom, de noite, olhar o céu".

E um outro muito apropriado...

"É preciso que eu suporte duas ou três lagartas se quiser conhecer as borboletas".

Como prêmio pela minha mais recente metamorfose, asas fortes e multicoloridas transformaram dor em gratidão e paz.

Gratidão

Deixei para o final o espaço para expressar minha profunda gratidão pela realização desta obra. Não se trata de mais um projeto, mas de uma promessa cumprida, feita antes a mim mesma.

Que bela e longa jornada me foi proporcionada pelo desejo de criar uma ficção que servisse de moldura para os sentidos que aqui puderam ser encontrados.

A parte que pode ficar secreta são tantos nomes que prefiro deixar na abstração desses sentidos, na certeza de que a energia de gratidão chega em cada endereço. Nomes que me concederam as melhores partes disponíveis de seus todos, que misturados desenharam a bela fotografia cuja história pretendo guardar em inúmeras conexões de longa duração.

Este foi o trabalho que mais demorei a terminar, e que sensação incrível! Gratidão especial ao primeiro leitor deste livro, Ulderico Perlamagna Filho, que por sua grande e inesperada contribuição, fiz questão que fosse o autor do prefácio.

Seu Luigi, Daniel, Maria, Paula, Lídia... e tantos outros. Foi um prazer estar na companhia de vocês. Obrigada pelo voo! Até a próxima!

P.S. Eu gostaria da sua assinatura bem aqui:

_____

Espaço reservado para você, mas pode ser preenchido
pela pessoa que nos lê em cópia. Muito obrigada!

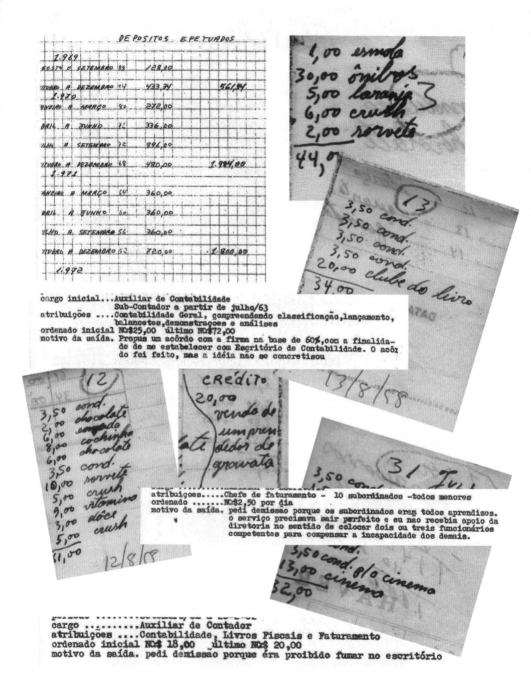